朴才暎

ふたつの故郷《ふるさと》

津軽の空・星州の風

藤原書店

ふたつの故郷《ふるさと》

目次

序　ふるさとと思いやり　9

I　揺籃　19

父　20
わたしにとっての学校　30
民族は「私」という、健やかに身体的なもの　37
父の財産　40
ピアノ　43
気　45
靴を磨く時間　47
異文化の「笑い」　51
まぶしい　58

II　地霊　71

労働——サイクリング・ロードで思ったこと1　72
地名の命　80
鬼は外　福は内　83

道　86
飛鳥——悠遠のまほらへ　90
他郷暮し《タヒャンサリ》　99
上方の味——三題　107

III　もうひとつの地図　113

鳥に惹かれて　114
民族の装い　女の装い　117
茶の心——一期一会　120
ミーハーは、かくして不明を恥じる　126
結婚の意味　130
庚申さま　135
男の子　138
バックボーン（文化）　140
所詮、うそ——ガンジーとサルラディ　142
ひと悶着——サイクリング・ロードで思ったこと 2　148
墨染めの衣　153
光背——そして、後ろ姿　156

Ⅳ　蟷螂《とうろう》の斧　159

魂の選択　160
女―身体　164
フェミニスト・カウンセリングの鍵が開く新しい地平　169
意思決定に参加することの意味　177
終焉、しかし絶えざる出発　192

Ⅴ　出会う心　219

日々の思想信条・主義主張――康宗憲先生にお会いして　220
灰谷健次郎さんのこと　224
周五郎さんへ　229
つれづれ　232
座右の書　234
出会いの尊さと愉しさを――「ユーラシア出会いのコンサートin薬師寺」　236
その手によって――岡部伊都子『美のうらみ』に寄せて　240
怒りの本質　247

あとがき　249
初出一覧　253

ふたつの故郷《ふるさと》

津軽の空・星州《ソンジュ》の風

序　ふるさとと思いやり

外見があまりにりっぱな「日本人」なので、自ら名乗らないと、ほとんどの人が、私が外国人だとは気づかない。名前を名乗ると、今度はその流暢な日本語や立ち居振る舞いを「日本人以上」と褒められ、いつ日本に来られたのですか？と尋ねられる。

こうして、私は孤独になってゆく。私は、いったい何者なのだろうと、自問を繰り返して。

「고향은 어디요？（故郷はどちら？）」と、朝鮮人に尋ねられれば、私はもちろん「경상북도예요。（慶尚北道です）」と答える。けれど、日本語で「ふるさとはどちら？」と聞かれれば、私はちょっと躊躇《ちゅうちょ》して、「津軽です」と答える。そして答えてしまうと、胸は温かい想いに充たされて一杯になり、顔には笑みが拡がってゆく。

私にとってふるさと・津軽は、それほど大切な処なのだ。もし今の私に〝善きもの〟があるとすれば、それは紛れもなく、すべてあの津軽での日々に培われたと思うからだ。

目を閉じれば、今もあの津軽でのパノラマのように美しく、四季折々の歓びに彩られた光景が目に浮かんでくる。

見渡す限りの田植えの青、あるいは実りの秋の黄金の波。ゆったりと静かに津軽に横たわる岩木山の気品。そのすべてを一瞬にして染めあげてゆく、恐いほどの夕やけの赤。トンボの群れ。朝の清しい露草のしずく。リンゴの赤、花の白、道をゆく荷馬車、ねぶたの華、満天の星。弘前《ひろさき》城の桜の幽玄、人をして思わず笑いださせずにはおかないほどのお調子者の紅葉の原色、そしてある日、そのすべてをきっぱりと白一色に変えてしまう根雪の朝。冬の夕のロマンティックな青紫、冬の夜空の深閑。荒れ狂う吹雪の日とて、学校も会社も休むことなど思いもよらぬ人々の日々の暮らし。自然との対峙。

その中で寡黙になり、思索的になり、哲学的に、そして何より謙虚にならざるを得ない人々の精神。「ヒデリノトキハ　ナミダヲナガシ　サムサノナツハ　オロオロ　アル」いた人々だけが持つ、諦念の優しいまなざしを、私は心から愛さずにいられない。

私は、今関西に住んでいるが、「なに人?」と尋ねられると「朝鮮人」と応えながら、心の中で「東北人」と答えている自分を、強く意識している。

関西は私にとって、海を隔てた外国よりも遠い外国である。

東北人の方が、関西にいる朝鮮人よりも、私には親《ちか》しく感じられる。雪国の津軽から東京を経て、ここ奈良に来るまで、私は日本が〝二つの国〟から成り立っているということを、知らずにきた。

大和《やまと》には、海がない。海の向こうにあるはずの見知らぬ街もなければ、見知らぬ国の見知らぬ人々の暮らしもない。あるのは大和のなだらかな山々に守られてきた盆地の中の、昨日と変わらぬ今日、今日と変わらぬ明日の、穏やかな生活である。

いにしえの昔から、神々に守られてきたという、選ばれた民の意識である。

東北の、北国の人々の一年の労働の証しを、その収穫の時に無惨にもぎとってゆく無慈悲な台風も、この地は何故か避けて通り、一年の大半は雪に埋もれて凍りつく大地に嘆息し、故郷を後にする男たち、女たちの孤独の皺も、子どもの涙も、ここにはない。土は、米の後は麦、麦の後は野菜、野菜の後は花と、臆面もなく姿を変え、富をつむぎだす。

大和に、痛々しいまでの恥じらいとコンプレックスは存在しないし、歌人・啄木が「ふるさとのなまりなつかし停車場の人ごみの中にそを聞きにゆく」と詩《うた》った場所も心も、ありはしない。関西にとって東北は名実ともに遠い蝦夷《えみし》地である。

私は関西に来て、「標準語のやさしさ」を、初めて知った。いったいに関西人は、どこに行っても関西弁を声高に話す。それは日本人がハワイや韓国へ行って、日本語で押し通す傲慢にも似て。それは、関西弁を操れない者に対しては、充分な排他でもある。それぞれのお国なまりを愛しながらも、文化が出会い、対等な親しいものとして交感・交換し合うためには、互いに共通の言葉を、気づかいながら話す思いやりも大切であろう。「思いやる心」は、言葉では表せないかも知れない。しかしまた、最初は言葉のようなものでしか表すことができないものでもあろう。

朝鮮人だという理由で、あからさまに民族差別を受けたことのない私が、幼い頃に受けた最も印象深い心の傷は、

「○○ちゃんのお父さんは朝鮮人だけれども、お母さんはみんなと同じ日本人だから、○○ちゃんをいじめないように」

と言った教師の言葉である。

私の両親は共に朝鮮人で、私はそのことを恥じたり引け目に思ったこともない。思いやりのつもりで言ったらしいことはわかるが、「同じだから、いじめないで」という言葉に、異なっていることを誇りにしていた私の心が、いたく傷つけられたのである。

知り合いに、日本人と結婚して二十数年、未だに日本語のたどたどしいアメリカ女性がいる。「さぞ、大変だったでしょう?」と、異郷での似たような立場をおもんぱかって言うと、「そうでもないの。日本人は西洋人が好きでしょう? だから、とっても親切にしてもらって。それよりパクさんたちは大変でしょう?」と、日本通の彼女からは実に率直な答えが返ってきて、思わず

うなずいてしまった。

本当に日本人は、碧眼《へきがん》金髪の西洋人には弱い。伝統の古式ゆかしい祭りでも、金髪の留学生などがハッピを着ていたりすると、すぐにTVの画面になっていたりするが、そんな時は、少し心寂しい。日本に彼らよりずっと多く、ずっと以前に来て、ずっと自然に溶け込んでいる朝鮮人や、中国人や、その他のアジアの人々は、はたして堂々と地域の祭りに参加し、楽しんでいるだろうかと、思い浮かべてみるからである。

今住んでいる奈良市では、我が家の子どもたちも祭りに参加しているが、以前に住んでいた中部の地域では、朝鮮学校に行っているというので「子供会」というのに入れず、みこしを担ぐ秋祭りなども、指をくわえて見ているだけの、さみしい祭りだった。

私が「ふるさと」と尋ねられて、すぐに「津軽」と答えられない気持ちの中に、実は屈折したそんな思いもあるのかも知れない。「私が思うほど、彼らは私を仲間とは思っていないかも知れない」と、思うからである。

とまれ神々に選ばれた人々は、隠された心の中の得意と、虚飾の同情の言葉で、やんわりと穏やかに、ひそひそと異なった人々のことを語る。そこに隠された何ともいえない排他と傲慢の気分が、たまらなく寂しく、恐ろしいのである。

どの人にとっても、ふるさとは特別の意味を持つ。ある人にとっては厳しすぎる肉親であり、またある人にとっては限りなくやさしい慈母のようであったり。

私にとって関西は、慣れたとはいっても未だに他国である。がしかし、少しずつ親戚になりつつはある。それは、夫が生まれ育った地であり、何よりもここで三人の子供が生まれ育っているからである。

時々私が津軽弁を話すと、子どもたちは変な言葉だと、腹を抱えて笑いころげる。私が語る津軽の想い出も、子どもたちにとっては、遠い国の昔話である。ねぶたのお囃子《はやし》もかまくら遊びも、珍しい外国の物語である。ましてや祖父母の故郷は、イメージを結ぶことさえ難しいらしい。しかし、それが自然なのだ。大事なことは、自分の知らないことに謙虚に耳をかたむけ、未知の国の未知の人々、未知の暮らしにも、温かな思いを寄せてみる想像力なのである。


外国、ことにヨーロッパ、わけてもイギリスなどを旅すると、かの国の人々が長い日々を通じて培ってきた価値観、自然や人、ことに子どもに対する深い思いに、胸打たれることが多い。そこには効率や拝金主義とは一線を画した、自然に生きとし生けるものに対する基本的な尊敬の念が充ちている。未来に対する思いやりが、そのまま子どもに対する思いやりとなり、子どもにすばらしい環境を残すという思想に結実している。

人の心を落ちつかせ、なごませる基本的なものは、簡単に想像することができる。広々とした緑の草原、ゆったりとした道路、街中の豊かな緑、しっとりとした街並み、美しい空、清冽《せいれつ》な水。さまざまな地域のさまざまな人種が、小ざっぱりと、自然に共に暮らす空間。逆に考えれば、それぞれの行政が人々から多額の税金を集めながら、何故、こんな風に誰もが喜ぶ施策ができないのかと、訝しく思う。

狭い日本のどこを旅しても、同じような駅ビル、同じような、しかしてんでに建てられたエゴイスティックな建物群、歩道さえない道、遊ぶ子どものことなど全く考えなかったとしか思えない、カンカン照りの寂しい公園。田舎道でさえ、否、田舎にゆくほど自己主張をして止まない、品のない極彩色の看板。使う人の利便を考えたとは思えぬ、公共の施設。

住民は皆、一家言も二家言もあるだろうが、どこにどのようにもの申していいのかもわからないし、どうせ言っても何も変わらぬ、無駄という思いに沈黙してしまうのであろう。しかし、どんなに暮らしの習慣が違おうと、人間として心地よい空間というのは、基本的には変わらないはずである。

私の乏しい旅の経験からも、印象に残った地というのは、かならずその大地から、言葉にはできぬ歴史と地霊というのか、魂が立ちのぼってくるような土地であったし、心を全開にして旅人を迎え入れる魅力的な人々の居る処であった。

北海道の自然とアイヌの人々。岡山の高原と、勝山・久世の人々の暮らし。京都千年の伝統とそこに息づく知的な進取の気性、奈良・吉野の風流と村おこしの熱気。東北の素朴と祭りの多様。どこも言葉以前に、言葉以上にそこに住む人のふるさとに対する謙虚な思いが、心映えが、土地に反映して訪れるこちらの胸に伝わってくる処であった。

しかし問題は、「ふるさとと思いやり」というけれども、日本は本気でそれをする気持ちがあるのか、どうかということである。「文句があるなら、自分の国に帰れ」というのは、よろず「いじめ大人」の決まり文句で、何度となく聞かされてきた身としては、眉に唾をつけてみたくもなる。しかしもし本気で「ふるさとの思いやり」を実現したいならばそこに住むあらゆる人に、尋ねてみることである。謙虚に。

子供に、若者に、老人に、女に、男に、弱者に、金持ちに、元気な者に、変わり者に、外国人に、退屈している人に、忙しい人に。

尋ねて、聞いて、行動してみて、住民の心にそってふるさとを維持してゆく。そこに暮らす人々の笑顔こそ、ふるさとの思いやりだろう。そのためにぜひ実現してもらいたいことは、どの地方のどこの役所も、「目安箱」のようなものを、ポストのようにあちらこちらに設置して欲しいということである。これほどの住民参加、思いやりはないと思う。上からの施策は沢山である。これならば誰もが、その街に対する思いを、気軽に伝えることができる。

「××の公園に、水道をつけて下さい」

「△△の道路は、狭くて危ない」
「○○の通りは、美しくて心がなごんだ」
「□□の段差で、車椅子の人が往生した」
「□△の店は、感じがよくて心に遺った」等。

住んでいる処が私のふるさとと、生まれた場所が私のふるさとと、地域のことに参加できたら、どんなに生きることが、安心で楽しくなるだろう。客ではなくて、主人の側に。そんな風に考えてくれる人が増えることは、どんなに地域の力になるだろうか。世銀の富裕度調査で五位の日本も、その八一％は人的資源だというのだから。

思いやりとか、多角的にものを見るとか、いくら心を戒めても、所詮は、自分の視点の域を出ることはなかなか難しい。全く違う価値観というのは、やはり旅をして他国を知り、異郷の人の意見を聞き、そして願わくば自らが傷ついた経験を経て、ようやく身につくものだと思う。

東北人の私が関西に来て、当初一遍で関西が嫌いになったわけは、婚家の近くの八百屋に一人で出掛け、「おじさん、安くしてね」と親しみのつもりで軽口を言ったとたんに、「おまえ、どこのもんや‼」とどなられ、頭の先から爪先までにらまれたという、ささいな事件からであった。大和では〝大仏商法〟という言葉があるくらいで、店は売ってやるのであって、客は売って戴くものなのである。

今、私の子供は、学校では朝鮮語を使い、時々英語を習い、家では夫とは大和ことば、私とは標準語で話している。そして私が見て育った岩木山の代わりに、千三百年の薬師寺の佇まいを見て育っている。

熱狂的で偏狭なナショナリズムは恐ろしい。

けれど、遠く離れても故郷を愛し、懐かしむような父母の「心」のお蔭で、私もまた、祖父母の地に想いを馳せ、生まれ育った津軽を愛し、自分を大切にすることができた。

奈良の地に、在日外国人として育つ三人の子に、十年、二十年先に「あなたの故郷は？」と尋ねた時の彼らの答えが、今から楽しみである。

（一九九五年）

I
揺籃

父

長い間、私の心にあった一つの疑問は、古代から近代に至るまで、明らかに上流から日本に文化的影響をおよぼしていたと思われる朝鮮が、どのようにして、いつからこれほどまで見事に立場を逆転させ、日本の中で差別される人として定義づけられてしまったのか、ということであった。それは、これまでも指摘されてきたように、一つには『古事記』や『日本書紀』の故意に歪曲された記述に萌芽し、また一つには、豊臣秀吉から明治期の元勲と称される人びとを経て現在まで綿々と流れてきた朝鮮民族劣等論と、それによるところの朝鮮侵略、植民地統治にあるのだろう。しかし、私の心の中のこだわりは、そうした動かし難い歴史的事実の列挙にではなくて、常に流動するもの、つまり絶えず生まれくる新しい生命に、何故に、しかも日本人の側というよりは、より多く深く、朝鮮人自身の側に植えつけられ培われているのかということであった。

幼い頃から、私自身は、わずかの期間を除いてほとんど朝鮮人であるということにマイナスの気持ちを抱いたことがなかった。もしも、あったとすれば、それは転校生が、新しい環境の中で皆と違う自分というものをさらけ出すことに気おくれする程度のものであって、むしろ、朝鮮人として誇りを持っていた私が最も恐れていたことは、日本人と区別されないこと、日本人と変わらないものとしてその中に取り込まれてしまうのではないかという、同化への恐怖であった。

だが、私のような有り様は、在日朝鮮人の間では少数派であるということも、認めない訳にはいかない。多くの同胞は、日本の社会で一般的になっている対朝鮮人観を、的はずれな、外国人に対する極めて無礼なものとして憤怒するというよりは、当然のこととして是認し、在りうべからざるものとして、朝鮮人としての自らの存在を抹消しようとしているのではないか。

朝鮮人を偏見の目で見る人びと、そして彼ら以上に、朝鮮をさげすみ、卑下する朝鮮人自身の目に、一体、朝鮮と朝鮮人の姿はどのように映っているのであろうか。

わたしは、自らのこの問いに、私自身をこの日本という国でポジティブな朝鮮人として育ててくれた両親、ことに父の姿が、私の中で幾度か変遷し、再生していった過程を記すことによって、近づいてみたいと思うのである。

父は、文字どおり李朝の末期である一九〇七年に、慶尚北道で生まれた。子供の頃私の長い髪は、母でなければ父がギュウギュウと縄のように締めつけて編んでくれるのが習いであったが、それは、父自身が子供の頃、自らの髪をそうしていたからというのである。

父が物心つく頃、朝鮮はすでに完全な植民地で、家の経済は崩壊していたが、学問を重んずる家だったことが幸いし、父は伯父の書堂で、漢文などの素養を身につけることができた。だが、次男ということで継ぐべき家産もなく、父は〝一旗あげるため〟に日本へ渡って来る。二十歳の頃である。そして、多くの在日朝鮮人一世がそうであったように、さまざまの職業を転々とする。農業、密造酒、アメ屋、行商、パチンコ、飲食店。私は、そんな父が五十歳の頃、男の子を切望する父の期待を裏切って、六番目の娘として生まれた。

私の中で父は、異なった二つの像を結んでいる。一つは、戦争中注意されたというほどおしゃれで、金ぶちのメガネをかけ、つば広のソフト帽子を被って授業参観にやってくるような、文字どおり紳士然とした父の姿であり、もう一つは、泥くさいかっこうでニワトリにやる餌をきざんだり薪を割ったりしているものである。

父は頑固で、子供に対しては一つひとつ諭すというよりは、打つことによって、うむを言わさず従わせるという風であったけれども、色のついたアメや駄菓子を山のように買ってきては、母に叱られるのも、また、まぎれもない父であった。

記憶の中で、父は断片的に突然のように現れる。兄姉が多かったせいもあるが、実際あまり接触がなく、父と一緒に何かをしたという記憶がほとんどない。幼い頃のもので、心に残っている二、三の場面は、当時としては珍しかったバナナやパイ菓子、チョコレートを私たちの前に広げて目を細めているものや、毛玉のついた手袋をおばけの手のようにブルンブルンさせて、わたしたちをびっくりさせては子供のように歓んでいるような、やさしく愉快な父である。にもかかわらず、父に対して、強い印象がないのは、父がおよそ子供というものに対するすべを知らず、私たちに心を開くということがなかったからであった。父はいつも、唐突に私たちを喜ばせ、唐突に怒りだした。

父が私の前にはっきりとした存在として登場するのは、十歳頃、人一倍感受性の強かった私にとって、思春期の始まりの頃である。

この頃、私の目に映っていた父は、私の生活の中の一つの遠景で、母や兄姉たちとの日常の向こうに時おり存在を現わすという風であった。その父と、ある日から突然のように対峙することになったのは、私と父との間を遮っていた兄姉たちが、成長して就学のために次々と家を離れ、両親と私だけの生活が始まったのと、ちょうど、外界に目を向けはじめた私が、父を一人の人間として観察しはじめた時期が一致したからであった。

その頃になると、父はもう私にとってはまったく理解の対象外であって、うとましく、時には憎悪さえ覚えた。他人や大人に対しては穏やかな物腰で接する父が、こと子供に対しては非常に厳格で、子供に対する寛容は屈辱であるといわんばかりに、私のむじゃきないたずらや軽い口答えや、ちょっとした反抗さえも、決して許すことができないのであった。

父は事あるごとに手をあげ、声を荒げる。進むべき道を決めかねて迷い、父という存在に甘え反発もしてみたかった多感な時期に、父は最も醜く愚かに見えた。父と私との乖離は、単に五十年という年齢の隔たりだけでなく決定的な価値観の相違や性格の違いから、まるで異国人と呼ぶにふさわしいほどであった。

同級生の父親たちは、みな三〇代や四〇代で、愉快で気さくに見えた。中には父親の職業が画家や新聞記者という者までいて、私はただただ羨ましかった。それに比べると、近代教育に浴することのなかった父は、故郷からの手紙を独特の節回しで読み、いつまでも、なまりの抜けない日本語を話し、そのうえ家につれてきた友人の前でも、平気で朝鮮語を使い驚かせるような、どうしようもなくかっこうの悪い父であった。

だが、ある日、そんな父に対する認識を一変させる忘れがたい事件がおきる。宿題の習字を家に持ち帰り、部屋一杯に半紙を広げて練習していた私に、父は笑いながら、「馬鹿だな。それは天地長久じゃなくて、天長地久と書くんだ」と、いったことである。私にとっては、天地開闢以来というような驚きであった。〝無学〟だとばかり決めつけていた父に、教師さえもしっかりと覚えていないような言葉を教えてもらったという驚きは喜びに変わり、尊敬に変わり、それ以上の意味をもって、父への私の思いを違ったものに変えてゆく最初のできごとになった。

中学生になってから、雨の中を父が傘を持って私を学校まで迎えにきてくれたことがある。コーラス部の部室で、私が友人たちと「流浪の民」を歌っていた時である。

「××さん、おじいさんが迎えにきているわよ」といわれて驚いてふりかえった私の目に映ったのは、こうこうと照らしだされたコーラス部のドアの外に、二本の傘を手にして立った、父のぬれそぼった姿であった。そして、次の瞬間、私の頭を一杯にしたのは、父のなまりのある日本語を誰かに聞かれたという恥ずかしさと、〝祖父〟といわれた父への、表現し難いいら立ちであった。暗い雨の路を父と並んで無言で歩きながら、私は父の好意をそのような形でしか受け止めることのできない自分が惨めであった。

あの日の、鮮やかな対比、シューマンの「流浪の民」と父。コーラス部の屈託のない友人たちと父。それは私にはあまりに異質で、決して溶け合うことなどないように思えたのである。あの日、私が感じた〝違和感〟は、日本人の目で在日する朝鮮人を見た時のそれであり、あの印象的な出来事は日本の中でいつまでも異邦人でありつづける父と、さらにその父に異邦を感じていた娘の関係を象徴的に表していたように思うのである。

ところが高校から朝鮮学校に転じてからは、その父がいつも私の誇りとなった。父の仕草も父の言葉も、父の高齢も、朝鮮学校では普通のことであったし、父が携わってきた仕事も、同級生たちと共通のことであった。父は日々の生活に埋もれることなく祖国と民族を志向しつづけ、日本の社会の圧力から私たちを守りぬき、兄弟すべてに民族教育をほどこしてくれた慈父であり愛国者であった。

大学に進み、故郷に関するレポートをまとめるために、父の話を聞き書きしたことがある。父の育った時代、父の育った故郷の風土、風俗習慣、日々の暮らし――昔は家の中でさえ男女が別れて暮らしていたこと、家にいる時も外出するときも、馬の毛で編んだ帽子を被ったということ、結婚するまではたとえ幾つになろうと、結髪を許されなかったということ、結婚は非常に早く、幼なじみの朴小父は十一歳で、父は十六歳で最初の結婚をしたということ、書堂では鞭で打たれながら千文字を暗唱させられたということ、儒教の教えが厳しく親の前では、たとえ我が子であっても抱くことがはばかれたということなど、父の語る〝朝鮮〟はいきいきと息づいて、一遍の物語のように私を夢中にさせた。この、聞き書きの作業を通して、私は初めて、子供を愛しながらも、それをストレートに表現し、現代の若い父親たちのように近く接することにこだわりを抱きつづける、父の精神風土を理解することができたのであった。

今、私の中の父は日本人のファインダーを通して見てきた、日本の社会にそぐわない、〝非文化的〟な存在でもなければ、偏屈なだけの父でもない。みっともない仕事をし、激すると口に泡して子を打つだけの父ではない。家庭においても外にあっても勤勉な朝鮮人でありつづけた父の素朴な生き方こそ、私を朝鮮人へと導いてくれた道程なのであった。

朗々と人生を語り哲学を語ることはなかったけれども、仕事の合間にも日本の植民地政策に抗した抗日闘士の記録を読んでは感涙し、義士・安重根の記録を読んでは嘆息するというような父であった。誰の前でもこだわりなく朝鮮語を使い、日本人の友人にもキムチをのせたそばを勧めて頓着せず、私たちに、〝朝鮮を恥じる〟すきさえ与えなかった。そして、身をもって自らの政治的信念を貫き、私たちを「朝鮮人」として育ててくれたのである。

父は、私の中で幾度となく姿を変えてきた。だが、今にして思えば、父はいつも父であって、その間、少しも変わってはいない。いつも変わってきたのは、父を見る私の視点であった。父がうとましく、憎悪の対象ですらあった時期には、父から見る私もまた、娘でありながら不可解な存在であったにちがいない。故郷の山河で「ソリ」※を聞いて成長し、異性と道で行き合うと顔を上げることさえできずに通り過ぎたという父にとって、「流浪の民」などを歌う娘が異邦人でなくて何であっただろうか。

私と父を乖離させていたのは、私を父のなつかしい故郷から遮断してしまった歴史であり、あまりにも早く走り抜けた日本での時間であったと思う。

朝鮮人に対してマイナーなイメージを抱いている人は、何を根拠にしているのだろうか。まっとうな仕事につけず、大酒を飲み、争っている姿であろうか。大学時代に学内の花壇を整備するというちょっとした肉体労働を実際に経験して、貴重でおもしろい結論を得ることができた。すなわち、人は疲れたれば道端ででも眠るということであり、疲れた人は思考せず極めて安穏な目先のことに、慰安を求めるということであった。

さまざまな可能性を持った人が、密造酒やクズ拾い、養豚などの限定された仕事にしかつけなかった時代、しかも、一つの国が他国によって支配されるという時代の恐ろしさも、胸の塞がるような絶望と哀しさも、今は想像してみるだけである。ただ、一つだけはっきりしているのは、その想像だにできないほどの過酷な時代に、異郷で一世は、そして父は、私たちを育んでくれたという事実である。

巫女などによる呪術や儒教からくる度を越したような長幼の序列や男尊女卑、煩雑な祭祀や川に祈って先祖の霊をなぐさめるという習俗などは、日本人の目には愚かしく異様なものに映っているかもしれない。だが、礼儀節を尊び、伝統と血統、姓を何よりも尊ぶ朝鮮人から見れば、もろ肌を脱ぐ日本人の習性も、日本人の間ではとりたてて奇異ではないとこどうしの結婚なども、許し難い行為でしかない。

朝鮮といえば、白いチマチョゴリを優雅にまとった乙女を連想するような私の意識は、簡単にはくつがえらないものである。シューマンの「流浪の民」とアリランを、チョゴリと着物を、コムシンとゲタを、同じ基準上で比べるような愚は二度とくり返すまい。朝鮮と日本、朝鮮人と日本人は、それぞれ独自の風土と習慣、独自の歴史と伝統文化をもった、似通っていながら異質のものである。

私は、朝鮮の悠久の歴史の流れの中で生まれ育った父の在り方を自然な形で受け入れることによって、〝父〟を再生させ、自らの〝朝鮮〟を確立したように、日本の中で、不当にゆがめられ踏みにじられている〝朝鮮〟を再生させたい思いで一杯なのである。

（一九八五年）

※ソリ……本来は声という意味であるが、謡の意味ももつ。

わたしにとっての学校

とにかく、学校というものが大好きだった。

幼いころには、一日も早く学校に行きたい一心で、就学の一年前にくり上げ入学できないものかと役所に掛け合い、断られたほどである。

そしていよいよ、七歳の春。

私は小学校入学のためのすべての準備を整え、漢字で名前を書けるまでになって、その日を待った。

だが、わたしのもとへは、ついに入学通知は届かなかった。朝鮮人だったからである。新入学児童のための身体検査と簡単な知能検査のあった日、わたしと母は通知書のないまま村の小学校へ登校し順番を待った。

後から来たケンカ仲間や顔なじみが、どんどん名前を呼ばれて面接室に入っていくのを、わたしは、おそらく生まれて初めて経験する焦燥と不安感でいっぱいになりながら見送った。順番を待つ間、他の子供たちとはしゃぎ回りながらも、少しも落ちつくことができなかった。しびれを切らした母が係に掛け合うまで、当然のことながら、わたしの名前は名簿には載っていなかったのである。

あの日のあの長いような短いような時間。それは単なる事務的な記載ミスだったのかも知れないけれども、母の尽力で最後に面接のための部屋に通されるまでに体験した、あの惨めさ。あの幼い日の、わけの分からぬまま自分ひとりが周りの集団からはみ出て特異な存在になったような寂しさと不安とは、今でもはっきりと思い出すことができる。

そして皮肉にも、この最初の時の不幸な疎外感が、その後、中学、高校、大学と進んだどの過程においても、常に誰かほかに主人のいる学校によそ者として入れてもらったような、自分の学校を母校と呼べないような、遠慮のような屈折したものを持ちつづけながら送った学生時代を、象徴していたように思えてくる。

それでも、村での小学校時代は楽しかった。

人一倍体格がよく早熟だったわたしは何をやっても人に負けなかったし、いつも快活で明るかった。何よりも村と学校と、先生と生徒が仲良しだった。校長先生や教頭先生までが、生徒一人一人の名前と顔を、しっかりと覚えていてくれた。

すがすがしい空気を胸いっぱいに吸い込みながら、野の中の一本道を少しはにかんで先生たちと一緒に登校した。赤い夕日をあびてホコリだらけになって遊んでいると、帰宅途中の先生が声をかけてくれた。些細なことでほめてくれ、頭をなでてくれた。学校の行事の日は、村中がお祭りだった。

今でも、母校というと、まっさきにこの小学校が思い出される。

だが、そんな小学校もやはり〝わたし〟の学校でなくなる時がくる。

家庭調査票を書く時であり、やはり朝鮮が出てくる時であった。

社会科で、白地図に両親の出身地に色を塗る課題が出た。両親の生まれ故郷は朝鮮半島の慶尚北道で、当然のように日本地図にはない。わたしは、胸の鼓動を抑えながら、両親が日本へ来て最初に居を定めたと思われる秋田県に色をぬった。うそである。

大好きな校長先生の提案で、祝日にはそれぞれの家で日の丸を揚げることが奨励され、持っていない家では一棹《さお》一七〇〇円の日の丸を一括購入することになった。

本名ではなく通名で通していたわたしではあったが、親に日の丸をねだる気にだけはならなかった。明日の祝日は、校長自ら生徒の家を調査して歩くという前日、わたしは白い木綿のハンカチに赤い絵の具で大きな丸をかいて、日の丸を作った。そして貧弱な旗が校長の目にとまらぬよう、日の丸を揚げた事実が両親にはばれぬようにと祈った。

子供同士でケンカがこうじて「朝鮮人！」といわれて石を投げられたことが一度だけある。そのときは驚いたけれど、負けん気の強いわたしは「日本人！」と即座にやりかえした。深い思慮があったわけではない。だが幼いながらも問題は「朝鮮人！」といわれたわたしにではなく、そのような場面で、すでに国籍をもちだすような卑劣さを身につけてしまっている相手のほうである、と思っていたのだろう。しかし重要な場では「朝鮮人であること」が傷つけられる要因であると気づいた、最初の鮮烈なできごとであったかもしれない。

何もわからない子供ではあったが、民族愛の強い両親のもとで誇りを失わずに成長できたことだけは多幸であった。

子供心にも、民族のことで忘れられないほど反発を覚えたことがある。

一つは、金嬉老事件が起きた時である。本質は民族的な問題をはらんだものであったが、事件そのものをとってみれば、一刑事事件であって、わざわざ取り上げて小学生に解説すべき事件とも思えなかった。が、くり返し事件にふれ、「悪いおじさん」を連発する教師に対して、わたしはなぜか、猛烈に反発したくなった。前夜テレビでみた金嬉老は、極悪人のようには見えなかった、と。

もう一つは、戦争で大陸に行ってきたという老教師が朝鮮の山はハゲ山ばかりだとして、緑豊かな日本の山と比較した時である。その時もわたしは、「山が初めからハゲ山のはずはない、先生のいっていることはウソだ」と、心の中で何度もつぶやいていた。

しかし一方そんなわたしは、「君が代」をだれよりも大きな声でハリキッて歌うような少女であった。「君が代」だからというよりも、やたらと学校の規則などが好きで、自分が率先して守るのはもちろん、人にまで厳しく守らせるというふうであった。学校で決めた歌は一生懸命歌わなければと自覚し、歌い、歌わせる学校の「よい子」だったのである。

その思い出深い、〝母校〟を、わたしは六年の時に転校した。今度は前の学校とは比べものにならない都会の学校である。そこで、わたしは見知らぬ同級生たちと一緒に修学旅行に行き、ごく控え目な目立たない子として、逼塞のような一年をようやく終えた。卒業の時、わたしの名前を覚えていてくれた先生は、おそらく五人にも満たなかったろうと思う。

続いて入学した中学校は、全国でも有数のマンモス校で、一学年が十五クラスもあった。ここでもまた、わたしはあってないような存在なのだと思いしらされることになる。二年になってのクラス替えで、わたしの名前がいくら探してもない。ちょっとした誤字で、まったくの他人の名前になっていたのである。

校内文芸大会で入賞作品を収めた文集の中にも、わたしの名前はなかった。またしても同様のミスで、まったくの他人になっていた。

たわいのないといえば、たわいないことである。一学年で七百人近い生徒の名を教師は覚えられるだろうか。覚えられるのはトータルに全教科のできる優等生か、スポーツ部のスター選手か、まったく手のつけられない問題児ぐらいだろう。でも、やはり、覚えていてほしかった。だれか一人でも「あの子の名がないな。この子の名前はこういう字だよ」と、指摘してくれる先生がいてほしかった。

わたし自身、教科を教えてくれる最低限の先生以外の名をまったく覚えていないような状態で、友人たちが文化祭よ生徒会よと生き生きと動き回るのを、第三者としてぼうっと見つめたまま、ただ読書だけに没頭して中学時代を送ってしまった。

学校が学校という組織で運営される以上、成績の良い者と一握りの教師が主人公となって力をふるう場所になるのも、しかたがないことかもしれない。だが元来、学校とは、あらゆる子供が、それぞれの個性を持って生きる場所の中の、一つにすぎないのだ。さまざまな伸びなんとする個性を摘みとる権利が、いったいだれにあるだろうか。

わたしは我が家の方針にそって、高校からは民族学校に転じた。少なくともそのことによって、長い間潜在的にわたしを萎縮させてきた原因の一つからは永遠に解放されることになった。日本学校に在学中の九年間で、なぜ朝鮮人なのに日本人の名前を使うのかと聞いてきた教師はただ一人である。

その後わたしは、さまざまな場面で不用意に子供を傷つけ無視する教師たちを目撃し、それを反面教師にして教職についた。

だが実際に教育の現場に入ってみると、そこで何よりも先に見えてきたものは、教師になったとたんに子供の人権を無視し、小さき者たちを傷つけ、選別教育に加担している自分自身の姿であった。そして、教師もまた学校に管理されており、教師が管理されている学校では子供たちが、より一層厳しい管理の下に置かれているという現実であった。

経験から、真に学ぶということは、自らの内なる要求によってなされる時にのみ、無上のものとなり得るということを確信しているわたしにとっては、はたして無意味に子供を選別し、無用の衝撃を与える学校とは、本当に必要なのであろうかとさえ思われるこのごろである。

（一九八三年）

民族は「私」という、健やかに身体的なもの

剣道で「面！」と狙われれば、思わず面を引く。ボクシングでボディーブローを浴びせられそうになれば、腹を抑える。ごく自然な自分を護るための反応。あえて差し出す人などいません。指先の小さなトゲ。仕事に忙しい日常では意識することさえないのに、小さなトゲが指先を腫らして、ささいな仕事さえままならない。指先が存在を主張して神経がジンジンと集中し、全身が指にでもなったかのようなトゲの仕業。

私にとっての「民族」とは、このような身体的なものでありたい。いつもは忘れているもの。意識が忘れているのはどうでもよいものだからではなくて、むしろ健やかに私の骨格や血肉であって、切り離すことなど不可能な「私」そのもの。頭で捉える観念ではなく、日常の中にある穏やかであたたかなものとしての「私」。

朝鮮民族は、あまりにたびたび「民族」として侵されて、つい過敏になり硬くなり、過剰なまでに「民族」を守ろうとしてきた。顔を狙われれば顔を、腹を狙われれば腹をかばうように、中

国から日本国から、周辺の世界から。ことに日本国のように同一化を好む国のありようでは、在日朝鮮人は最初から絶滅を期待される外来の猛獣、のようでしたから。

狙われればかばい、防御するのは人としてごく自然で大切な反応。けれど日々の生活は特別な試合でもなく戦争でもない、ささやかで平凡な雑事の積み重ねです。

たえず相手を意識し、防御の体勢で緊張の中にピリピリ暮らすことは、それ自体が生きる意味を半減させてしまうほどの苦しみ。しかしだからこそ本来臆病で怠け者の私は、「民族」にこだわって生きてこざるをえませんでした。「私」が私でいられない不自然な状態は、「あなた」があなたでもいられないゆがんだ状態です。決して少なくはないコリアンが「もう朝鮮民族はやめた」とリングにタオルを投げ込むように「民族」を相手に差し出す卑屈を、不当だと感じるからに他なりません。

やりたくもない勝負の場にひきだされて防御のためにヘトヘトになったり、あるいは相手が倒れるまで打ちのめす、二十世紀までの「民族」がこのように戦いの記号であったとしても、二十一世紀にはやりたくない戦いを初めから拒否する権利を確保せねばならないと気づいたからです。自分だけではなく相手にも。やるのもやられるのも返上したい。私以外の誰かに勝手に敵・味方に分けられて、戦いたくもない戦いに駆りだされたくないからです。「民族」を、多様を尊ぶ平和の喜びの記号にしなければと考えるからです。

一世には珍しく子どもの人生を支配することのなかった両親が、唯一私に許さなかったのは、他国人との結婚でした。
民族が対立の記号だった二十世紀には仕方のない発想でした。しかし相手の民族を一方的に消す抑圧的なものでなければ、本来、異なった民族との出会いは、互いを尊重する喜ぶべき平和な日常の記号のはず、です。

（二〇〇五年）

父の財産

人に教えられて、京にある茶房を訪ねた。珍しく迷いもせずに。

まぶしい太陽光にしばたいてすっかり疲れた目と体が、空間に足を踏み入れるやいなや安堵する。腹に響いて染み入るような深いピアノの音と、しかし同時に人のしわぶきさえ聞こえてきそうな静謐な心地よい「気」に包まれる。

古都でありながらモダン、モダンでありながら人肌の温かさを感じる独特の空間は、重厚な調度や什器と、ある程度の広さの調和のみがかもし出す贅沢なものである。

目をこらすとほの暗い座敷席は韓式のしつらえである。ふと思うところがあって歩いてみる。やはりそうであった。石の上に韓の油紙を貼った、まごうことなきオンドル※である。ガッシリと堅牢な黒蜜色のすべすべとした床。幼少のころ以来、四十五年以上も触れていなかった本物の色、感触、懐かしさを、足の裏が覚えているのである。

まさか二〇〇七年の京の街で出会えるとは、夢にも思わなかった。

これ以上はないという取り合わせで、白洲正子の『私の骨董』（求龍堂）という本が店の大壺の中にあった。その中の「ものをみる」という随筆をなつかしく手にとり、愉しんで読む。白洲正子は媚のない筆致の随筆と、骨董などの目利きとして評価を得た人である。その人が「骨董はすきだが、それほど執着があるわけではない。ほしい人には上げてしまったり、別のものと交換したり。長年の観賞に耐えるほど美しいものがそれほどたくさんあるのだろうか？　人間でいえば一目ぼれはある。どきどきさせるものだけが美しい」と書いている。

白洲さんらしいと、サバサバした率直さに笑みがこぼれた。骨董という物の世界でさえ、真贋に厳しい目利きが存在するのである。

ましてや好き嫌いという好悪の感情を超えた普遍的価値は、骨董以上に人の世界にこそ求められて当然である。人は生きているのである。物以上に移ろいやすく、成長もすれば堕落もし、関係も続くかと思えば壊れて疎遠になってゆく。であればこそ、人の価値は心根の他にはない。外に顕れる内面の品性。

心地よい茶房でのつかの間の読書に、生きていれば今年百歳を迎えているはずの父を思い出したのは、オンドルのせいばかりでなく、ここのところしばしば父のことを考えていたからである。

姉妹の中で口応えをして、父に一番多く叩かれたのは私である。納得のいかないことや理不尽と思うことを我慢することができない。口に出し、理詰めで明晰に解決せずにいられないのである。しかしこれが、厳しい儒教の道徳観で修身し、婦女子や年少の者が年長者にもの申すことなど想像外であった父にとっては、どうしても赦《ゆる》すことができない。思春期の私は猛烈に反発をし、父娘の間には齢五十年の隔たりもあって、通訳者が必要だと思われるほど、意思疎通のできないもどかしさがあった。ところが、その父が今は私の中にしっかりと生きているのである。父が私に遺してくれた遺産は、人を圧倒し威圧するような通俗的な財産ではなかったけれど、なんと得がたく非凡なものであったろうかと、今は思う。

父の精神には、卑しいところがまったくなかった。政治は批判しても日本人の悪口はいわず、静かに草木を愛し書を愛し、酒は飲まずに清潔を心がけ、よく働きよく旅した。五十五年も前に、東北の街に建てた家には、自ら油紙を貼ってオンドル房を設け、妻子を極寒の中で温め、雪の朝は誰よりも早く起き、雪かきをして、家族のための道をつくった。これが全てである。

雪の朝に父の示した一本の道。その道を素直に歩きつつ、父の遺した地図を手に、私は日本という国を生きてきたのだと思う。

（二〇〇七年）

※オンドルというのは石の上に韓の油紙を何層にも貼り、松の実で磨き上げ、竈の煮炊きの熱を利用して暖める、朝鮮半島から中国にかけての伝統的な暖房設備。「温突」と書く。

ピアノ

父五十三歳、母三十八歳、私が四歳の時に、父が同胞の知人によって財産を失い、一家挙げて県庁所在地の都心から、県南の小さな村に家移りした。

兄姉は七人。一時は生活保護を考えるほど落ち込んだ生活の中で両親が決断した買い物は、なんとピアノであった。

引っ越した家はピアノを降ろしたとたんに床が抜けるほどの古家。村で学校の他にピアノを持つ家は、二、三軒しかなかった。

都はるみも民謡も好き。父は日常の音楽が好きで、私が弾くへたなピアノの横で目を細めていた。

先日、映画『血と骨』を鑑賞し、あまりの悲惨さにうち震えた。梁石日《ヤンソギル》氏には申し訳ないが、自分の生い立ちは普通だと思ってきたけれど、同じ在日朝鮮人といえど、わが父があのような人でなかったことを、心から感謝した。

李朝末期に生まれ、故郷の韓国では厳しく四書五経をそらんじていた父は、何故かクリスマスも好きで、金銀のモールを我さきに部屋中に飾るのは父の楽しい仕事であった。

厳しい異国の境遇でも美しいものを好み、秩序の中で勤勉に生きた両親に護られて今日があることを、四十五年を共に歩んで今もかたわらにある居間のピアノに、いつも想い出させてもらっている。

気

昔、父のいる空間はどこもかしこも、魔法の杖を一振りしたように清浄な空気になってゆくのがわかった。

たとえば並より神経質な家庭に育った私は、万事に大雑把な婚家に嫁いでしまい、諸々に疲れ果て、いつ明日の命が途絶えてもいいと思うような失意の日々を送っていた。その空間に、実家の両親が訪ねてきた。嫁して以来、横臥した姿以外見たことのない舅が入院し、姑が病院に移ったため、舅の布団が敷かれていた居間が、始めて布団のない状態で客を迎える空間になったのである。婚家の一階には居室が一つしかなく、そこに病んだ舅が一年中横たわっていたために、婚家の客というのは全員が舅の枕辺にはせ参じるという按配になっていたのである。正月であろうと、舅・姑の客以外でも。

ところが、である。舅の見舞いのために東京からはるばる旅してきた両親が、ことに父が私がいつも見慣れた婚家の床の間を背に座っているのを見ると、部屋そのものが清冽な「気」をはらみ、客を迎える茶房のように凛として、まるで別のような空間になっているのである。

不思議なことのように思えるが、今考えると、それは当たり前のことのようにも思える。父はあの当時のあの時代の人には珍しく、「清潔」というものを自分の手で成し遂げる人であった。母は神経質ともいえるほどの潔癖。加えて、迎える私の方は普段は義理の人が鎮座する空間に、血のつながる両親を迎えているのである。文化というものがすべからく人の手によるものだとすれば、居室の「気」が人に影響されない方がよほどおかしなことである。

初めて訪れる人をも、やさしく和ませる部屋の主人でありたいと、心したことであった。

靴を磨く時間

靴を磨く時間というのは、よほど余裕のある人のものだという気がする。久方振りに玄関に座りそれをしてみてしみじみと思った。

実家の父は、一九三四年に朝鮮から渡日して暮らしを興した人であるが、整然とした暮らしの秩序を持った人で、私は父の暮らしのリズムに助けられることが多かったように思う。あの過酷な時代に朝鮮半島で青春時代を過ごしたことを想像すると、一体父はあの佳《よ》き生活習慣を一体どこで身につけたのだろうと考えるが、おそらくそれは桃源郷と表現しても大げさではないような故郷・星州の整然とした自然の美しさと、父の生家である朴家に受け継がれて流れていた空気であったのだろうと思う。二〇〇四年に、それまで政治的な理由から長く訪れることさえかなわず初めて訪れた故郷と、初めて相逢を果たした従兄たちの端正で素朴なたたずまいにそれを思った。

静かで清潔好きな父の仕事の中でもきわだったものは、履いている靴の美しさであった。靴のほとんどは父の好みに従って、紳士然とした先のとがった紐を結ぶデザインのものであったが、とりたててブランドにこだわった最高級品というわけではない。にもかかわらずどの靴をいつ見ても、それはあんまりだとこちらが気恥ずかしくなるくらいピカピカに磨き上げられていた。これには、はじめて父を紹介されたときの夫が大いに驚いた。

夫の父親は私の父よりははるかに年下であったが、暮らしの環境はそこまでひどくはなかったにせよ、梁石日描くところの在日朝鮮人の集合的生活に近かったらしく、夫は岳父となる人が物静かで身の回りのことを自分で管理し、おまけに靴にまで美意識をもっている老人であることに、大いに感じるものがあったという。ちなみに私の兄は父のこの美風を少しも受け継がず、こちらはまた靴は履ければなんでもよいというような趣きである。

今、私の履く靴はすべて夫が磨いている。淑女らしからぬ靴のありようにしばしばあきれられているが、いくら注意されてもあわて者でどたばたと走るように歩く癖がなおらない。

靴の減りよう痛みようは、人生の過ごし方にも関係するであろうか。そういえば幼いころ、母にいくら指摘されても靴をずるずる引きずるように歩いて直せなかった癖を、ある日父に吹んで含めるように穏やかに諭されて、その日を境にぴたりとやめられた。

我が家のあらまほしき美しき靴磨きの伝統は、夫から息子へと男たちに正しく受け継がれている。長男はだれに口うるさくいわれるまでもなくいつの間にか「Ｍｙ靴みがきグッズ」を持っている。ほかの整理整頓には無頓着な息子が、いかつい肩をまるめて玄関先に座り、初めサッカー・シューズから今はラグビー・シューズにいたるまで、自らの歩みを支える靴を丁寧にいとおしげに磨く後姿に、私は地に足をしっかりとつけた地道な人間に対する好もしい安堵を覚える。

自分の靴は自分で磨くがいい。男も女も自分の靴は自分で磨くがいい。そうすれば、今日一日の、あるいは近日の自らの行動や来し方、振る舞いが、誰に指摘されるまでもなく、静かに振り返られるにちがいない。そして誰にも依存せず、結局は自分一人で歩むよりほかない人生の意味を、知らず知らずのうちに考えるにちがいない。

ここ何年か、夫は事業にエネルギーの多くをとられて余裕がない。そのためか最近は夫との時間が和まず、頼んでおいたにもかかわらず捨て置かれて埃りまみれの自分の靴磨きを自分でしている。こんなことはやろうと思えば本当はすぐにできるのである。

なんという傷みようだろう。靴をみればその人の暮らしがわかるというが、せっかくの上質の皮も、目の前を蹴散らすように突進する私のために、めくれ、はげ、この間の雨が染みたのか、飴色の皮は塩が吹いたように変色までしている。どんな上等な靴も足元を大切にせぬ私のようなおてんばが履いたのでは台無しである。はて、今週に予定のある親戚の結婚式には何を履いたらよいだろう……季節の靴もここ何年か購入していない……と今度は金の算段が頭をよぎる。

たかだか七、八分の靴を磨く時間が、立ちどまることなく日々を疾走する家族のありようや、夫婦の来し方やなつかしい父や、息子の成長を想い出させた。思いがけなく訪れた時間は、言葉ではなく、後姿や空気で教え教えられ受け継がれてゆくものの尊さを思わせて、一編の切ないショート・ドラマのようであった。

（二〇〇七年）

異文化の「笑い」

関西で深夜に見るテレビに「ウッチャッサ」という番組がある。おそらく日本語に訳すと笑いを探す人、求める人、転じて「お笑い屋」というところだと思う。韓流の恩恵はこんなところにまで、と感慨深く思う。

身心をほぐす「笑い」には文化的背景やその他もろもろが色濃く反映するので、この番組は日韓の違いを知る上でも私にとっては新鮮である。ぐっさんという関西で人気の、知的で目の美しいお笑いタレントさんが、的確で愛情のこもった解説をする「民間交流」も気持ちがよい。今やそれぞれ年齢や生活のリズムが違ってきて、同じものを楽しむことが少ない家族と、安心して同じ場を楽しめることもありがたい。

私の育った家は総じて真面目で固っくるしく、笑いを皆で楽しむという気楽でのんきな空気が少なかったので、「お笑い」というのは下らないナンセンス、という雰囲気がなんとなくあった。語るに値せず、ということである。しかし今考えれば、私は幼少のころから柳家金語楼や松竹の藤山寛美が大好きだったので、テレビでかなりの時間見ていただけでなく、両親も楽しんでいたはずである。楽しい、面白い、などと表さずに口数少なく、静かに。

「ウッチャッサ」の中に好きなグループは三つほどあるが、その中でもっとも印象深いグループは『可愛い姉妹』である。私の乏しい語学力ではとても細かいニュアンスは聞き取れないのだが、だいたいのところはまちがっていないように思う。

『可愛い姉妹』は、いつもパジャマ姿で丸顔、おねしょをしても平気でまじめな妹のせいにしてしまうような姉と、健気な妹、そのボーイフレンドが繰り広げる笑いである。この姉はすべてにおいて行き当たりばったり。毎回やりたいことをやりたいようにやって、尻拭いはすべて妹とそのボーイフレンドに押し付けるのだが、憎めない。

そこはかとない慶尚道なまりがなつかしいだけでなく、いざとなると決まってこの姉の方が繰り出す「テードゥロ? テードゥロ?」の決めセリフが私にはおかしいのである。水戸黄門の「この印籠が目に入らぬかー」と同じく、これが出ると、小さな反撃を試みようとする妹の方は毎回、どんな理不尽な姉のいいがかりにも魔法をかけられた猫のようにたちまちにしてフニャフニャになり、「ごめんなさい、ごめんなさい」となってしまう。

この「テードゥロ?」は直訳すれば「私に口答えするわけ?」である。姉の決定打はつまり「姉の私に逆らうな」である。それを毎回、一日中をパジャマで過ごす姉の方が、はやばやと着替えて活動しているしっかり者の妹に繰り出して、妹の方も反撃ができないのである。

この笑いは、朝鮮半島に深く根ざしている儒教文化を理解してこそのものである。いまでも「正しいコリアン」は人に会うと、初対面でもまず年齢を聞かずにはいられない。私でさえそうである。この「正しい文化」を共有せず、年下にもかかわらず年上に分をわきまえずになれなれしい者、年齢の壁を越えて年長に対して対等に物申す者は、「正しい文化の継承者」からすれば「正しい教育と教養」を身につけぬ、あらぬ育ちの異邦者ということになる。『可愛い姉妹』の放つ笑いは、朝鮮半島の継承してきた文化を反映しているのである。先に生まれた、後に生まれた、という序列は、朝鮮半島の家族文化では決定的である。いや、あったというべきか。


関東から関西に居を移した当初、一九八〇年代の前半にはまだ庶民の目には関西の洒落はそれほど見えておらず大阪も強気であった。「ばか」という言葉を使う私は「アホ」を使う人々に東京弁はキツいと言葉遣いを叱られ、明石家さんまよりタモリの笑いが好きだというと「理解できない」と、顰蹙を買った。しかし、その頃からすでに、後に全国制覇をねらう吉本興業は主だったタレントを東京に進出させ、オフィスの進出を図っていた。関西お笑いの関東進出である。

韓国は極端な学歴社会で、というより文人文化の国で、芸能人でさえ大成しようとすれば大学を出ておかなければならない。日本では大変な尊敬を集め、国の重要無形文化財として認定されるほどの職人も、韓国では国家がてこ入れするまでは「恥」の感覚を伴う職業で、三代続いた職人の家系とあっては恥ずかしくて顔もあげられない、という風潮であったという。暮らしの土台である「もの作り」を蔑んで敬わないなど、ほんとうに愚かなことである。朝鮮半島が新興資本主義の日本国に簡単に植民地化されたのは、政治力ももちろんであろうけれども、たとい悪しきことではあっても、軍艦製造に象徴されるようなものづくりの大切さを、権力者の頭が軽んじていたことが大きかったと考えている。ものの破壊より、ものの創造を尊ぶという態度を欠いた営為の繁栄するはずもない。

朝鮮のみならず世界のどこでもそうであるが、近代化が遅れた韓国の、芸能者に対する蔑視は職人に対するものと同様のものであったと思う。だからこそ、かつては職人としてテレビに紹介されることに葛藤があったと聞けば、今『可愛い姉妹』を見ながら、ことにお笑いタレントとして女性がテレビに出演することの韓国的意味と時代的意味を、感慨深く推し量らずにいられないのである。過剰な感慨なのかもしれないけれども。またおそらく、そうであるにちがいないのであるけれども。

弊害ばかりではない資本主義のよいところは、長い年月を費やしてもなかなか変えられない伝統的な人々の意識を、「金」という威力で一夜にして逆転させてしまう力をもっていることである。危険で下品な力でもあるが、特効薬でもある。それに伝統的なものがすべて良薬でないことも実証済みである。要は現代に生きる私たちは、危険性を知った上で、注意深く使用方法を読み込み、ほどよい中庸を保ちながらやってゆくしかないのである。

日本はその点でも朝鮮半島より先んじて、河原乞食と軽んじられていた歌舞伎や能の世界を一挙に幽玄なる高貴な芸術にまで高めたが、今度は歴史の経緯を知らぬ人たちが「梨園」などといって皇室並みに芸事の世界をもちあげ、敬語などを過剰に使う行き過ぎをみると、芸は芸として、高くも低くもないそれ自体の魅力として潔く勝負しようとしている中村勘三郎や、かつての河原崎長一郎氏などの見識に目を開かれる思いがしている。熟成にはなにごとによらず時間がかかる。

初めはいやいやであったけれども、旅行者としてではなく生活者として関西の地に根を下ろし、暮らしの空気を吸ってはじめて知ることは多かった。時間と痛みを知りながら関西文化圏での生活を経験したことで、私は関東のみで暮らしたよりも心を拡げたと思う。私が関西人を見る目は、現在は家族の中に関西人を抱えていることもあって、関東人が関西人を単純に異邦としてみる客体化に比べれば、またかつての自分がそうであったことを思えば、確実に複雑な感情を伴い、かつ温かいものになっている。

この経験は、私がほかの事を見聞きし、考え、対処する場合にも、これまでとはちがった処し方を誘引させるにちがいないと信じている。

文化の成熟の歴史の長いフランスの地では、「笑い文化」が最高峰の尊敬をもって遇されていると聞く。上品な機知にとんだ深い笑い。人々を涙や渋面ではなく、幸せの境地に導く「笑い」が尊敬されずにいてよいわけはない。だからこそ、笑いは下ネタや人を罵倒する卑しく下品なギャグではなく、心から人々の身心をリラックスさせ力づけるものになってほしい。上品とは気取ることではなくて、卑しくないことである。難しい言葉は使わなくても、ぐっさんのようにきらきら光る瞳の喜びで、隣国のお笑い芸人仲間を紹介する矜持のありように、自然にただよい伝わる温かさのことである。

姉妹の末っ子として、長きにわたる「姉文化」の息苦しさから解放されなかった私であるが、長男の妻としては無自覚にその威力を振り回していたりする。水戸黄門のマンネリズムが人々を安心させるのは、マンネリの安心以上に「印籠」にひれ伏す人々の奴隷根性である。奴隷根性は金子光晴が彼自身の優れた詩によって喝破したように、境遇や教育によって涵養され伝えられてゆく。出生の妙でしかないきょうだい間の序列に無自覚な継承者たちは、当然のごとく家父長制を無自覚なまま補強してゆく。本当に困った陋習である。

しかし植民と独裁の時代にあえいだ韓国も、急速な近代化に伴って民主化が進み伝統的な価値観は早すぎるほどのスピードで瓦解しつつあるらしい。それゆえか否か、わたくしの贔屓の『可愛い姉妹』も解散の噂があって、寂しい。

堅苦しい家庭で育ち、「齢《よわい》文化」の染み付いた私は、ただ腹の底から愉しめば済むお笑い番組をも、さまざまに考えながら笑う。今も口数少なく、静かに。

まぶしい

世の中に、尊くすばらしい人が多いことにある日ふと気づいた時には、それまでが不明だっただけに、いっせいに感じ出した輝きに目の眩むような思いがしました。

あまり身近なので日々接していながら尊さに気づかないこともあれば、近くにいるのに存在を認識せず、惜しむなるかな出逢えていない場合もあります。

ぼうっと日々を過ごし、遅すぎた感はありますが、それでも人の中にひそむすばらしさに気づいて瞬間でも心を清澄にし、感謝しながら死に近づいているとすれば、そのことに「よかった、間に合った」と謙虚に感謝したい気持ちです。

旧《ふる》い街の旧い地域には、新参者にはわからない旧い掟のようなものが今も生きていて、観察しているとおもしろく感じることがあります。その一つに回覧板の回し方から気がついた目には見えないグループ分けがあります。

普通、回覧板というものはお隣からお隣へ、ですが、ここ西ノ京ではかならずしもそうではなく、ご近所の何軒かを抜かすような形で奥様方が遠くまで走っています。田圃を作っていた頃の名残で、田に共同で水をひいていた頃の水利組合の組織が「講」という形で残り、新しい住民を迎えてお隣の顔ぶれが変わっても、元のままの区分けで班を形成しているのです。今は田を手放してサラリーマンというお宅でも昔からの気心の知れたおなじみの顔とは分かれがたく、また歴史も暮らし方も共有しない新しいメンバーとはやはり気詰まりなのでしょうか。広い土地が小区画で細かく売りに出され、そこに新しい住み人が根を降ろしても、それはそれ、旧家のお嫁さんはお嫁さん同士で集まるような会が設けられています。それに歓びのある若妻もいれば、旧弊と思うお嫁さんもいるようです。

選挙もしかり。どこどこの区域の○○家は、○○氏の後援会に四人記入などというふうにきっちり名簿が作られて、選挙の出口調査を待つまでもなく結果のおおよそが分かるといいます。わたしの知り合いのお嫁さんは、選挙に行かないと「あんた、来てへんかったな」といわれ、予定の分から一票でも足りずに自分のせいなどにされては大変なので、棄権することも自由に他の人を選ぶこともできない、と教えてくれました。なるほど、日本型選挙の一つの仕組みがわかりました。

本来が田圃から始まっている旧い街では農家を起源とする広い「持ち家」が一般的なために、

集合住宅へ入る新しい人々や流動する人々へのそこはかとない冷たさを感じることもあり、人ごとながら胸が痛みます。

本人の能力にも拘らず経済力は時の運。ましてや「自己責任」ということばがまかりとおる昨今の弱者切り捨て時代の波には坑えない場面もほとんどです。大体、物を売るにしても原価以上の余剰利益を大幅に上乗せしなければ、億万長者など現れるはずがありません。

土地を売っての大儲けも、もともと土地など誰のものでもない地球。ぼうっとした人間の中の一人の頭の回るごうつく張りが、誰の物でもない土の上に線引きし縄張りをして「俺のものだ！」と宣言して始まった、馬鹿ばかしいシステムに他なりません。

住宅を構える外国人より、集合住宅に住まう日本人のほうがずっと暮らしにくそうな、旧い街です。

あれこれと手を掛けてもらい、甘やかされて丁寧に育てられたという娘ではありませんが、たった一つ誇れるとすれば、嘘をつかない、騙さない、真面目に生きるという、良き倫理観を当たり前のこととする良き時代に成長できたということがあると思います。ですから長じて世の中にでてみれば、巷ではそういう人が決して多数派でもないという現実に、なかなか慣れることができませんでした。誰にいってもポカンとされるので困りますが、私は朝鮮人だからマイノリティだと感じるより、正直者というマイノリティを感じるほうがずっと多かったのです。要領の悪い田舎者。

人の境涯が一夜にして貧しくもなり裕福にもなるということを、植民地の経験を通じて身に染みていた父母が、共に人をその経済力によって判断するという人間ではなかった点を、得がたい美点として思い返しています。その代わりに、父は人の挙措に表れる静かな誠実というものを好み、ヤマ師のように危うい人や、はったりをかます調子の良い大言壮語の人を最も苦手にしていました。

我が家で一番価値が認められるのは苦学生のような、境遇に負けずに理想に向かうような刻苦勉励型の真面目な人格。父の好みは兄に通じ、私は後に私に多大な影響を及ぼした我が家の二人の男性のせいで、大変な苦労を経験することになりました。

二〇〇二年の秋から二〇〇四年の春、小泉訪朝の一回目から二回目までの時期というのは、拉致事件を巡って日本中に北朝鮮バッシングの荒々しい情動が溢れ、その余波を受けて在日朝鮮人の組織までがさまざまな攻撃にさらされ、内部からは在日朝鮮人を護るどころか、逆に苦境にさらすような組織の存在意義自体がないではないか、なくしてしまえ、潰してしまえという声が、これも日本の風潮に煽られるように当の朝鮮人内部から随分と噴出しました。こういうときにお調子者の私があまり付和雷同せず、慎重になるのは何事にもよらず穏やかで常識的に振る舞おうとする父方の血であり、何事によらず合理的であろうした醒めて淡白な母方の遺伝子の成果です。そして個人的には、朝鮮語で「青がえる」といわれるところの「あまんじゃく」。人が右といえば左、左といえば右と言うようなへそ曲がりな態度、心理学的にいえば深い懐疑であり「意地」のようなものかも知れないと考えたりします。とにかくかならず立ち止まり、大勢の向かうところと反対を向き、中庸を保とうというようなスタンスをとってしまいます。結果として中庸というよりはマイノリティになることが多く、たまに体制派になると違和感を覚えるという訳です。

世間中が朝鮮民主主義人民共和国（北朝鮮）に関するあらゆることから距離をとり攻撃する中で、複雑な議論とは掛け離れた二つの像が常に私の胸に去来して、そしてその背景にはそれこそ何フィートにもおよぶ映像が連なり、私はどうしても在日朝鮮人組織である「朝鮮総連」を単に攻撃するということができませんでした。

それは私が知る限りにおいて、さまざまな人々が深く内情を知って描き、多くの人が指摘する組織であるという以前に、私の知る多くの素朴な在日朝鮮人の心の支えであった組織の一面を、私が覚えていたという点につきます。私は地方にいて、まだ子供で、つまりは権力からはまったく遠いところからこの組織を見ていました。それを支えていた人々の権力機構からは遠い魂の希求を、子供だからこそ純粋に感じとっていたように思います。

幼い頃、我が家に集う父の友人・知人を好ましく感じていました。粗野な感じが少しもなく、多くは知的で礼儀正しく、朗らかに慎み深く政治を語っていました。ギラギラとした権力闘争から遠い人々は祖国の分断を憂い、真剣に民族を語り、祖国の勃興を海外からも支援しようと募金をし、献金をし、助け合っていました。在日の親戚は北・南双方に分かれてそれぞれが「総連」と「民団」に属し、主義・主張を決して譲りませんでしたが、子供の目にも当時はっきりと米国の傀儡政権として始まり独裁を敷いていた南の韓国を支持する民団所属の人々は目の前の利益に聡いばかりで、子供の民族教育にも熱心ではなく、民族心や愛国心にも疎い人々と映りました。北朝鮮に多くの在日朝鮮人が帰ったのは、在日朝鮮人を日本から一掃したかった日本国政府の思惑と、国際社会に理想の社会主義国としてアピールする必要のあった共和国、そして何より、日本という異国や南の独裁下ではなく、貧しくとも平等な制度のもとで人間としての尊厳を得て生きたいと願った人々の、純粋で真摯な思いが合致した結果からでした。

名前を存じ上げていた来訪者の中で、頻繁にお見かけしていたのに、いつも家に上がることなくそそくさと帰ってしまわれるので親しく言葉を交わしたこともないアジョシ（おじさん）がおられました。その方は私の住む総連の支部に属していて、機関紙である『朝鮮新報』を配っておられました。今でこそ暖冬で雪は少なくなったものの、私の子供の頃は一年の半分は文字どおり、吹雪にも夏の暑さにも不満を言うことなく、巡りくる四季の風のように黙々と祖国や在日社会のニュースを地域の同胞の手に運んでいたアジョシの私生活を私はまったく知りません。しかし、現世の利益には全くがんぜないような彼の姿勢は、やはり子供の私にさえ伝わってきました。植民地下朝鮮で生まれ、教育の機会もないままの異国暮らしは、「国の亡い百姓は喪家の犬より惨め」という、朝鮮の諺を地でゆくようなものだったのではないかと思います。そのアジョシの丸顔で頑固とも素朴ともいちずとも見えるようなお顔の表情こそ、私が総連組織を思うときの原点です。

朝鮮にはよほどの家門でもない限り、女子に学問を授けるという考えは近代になるまでありませんでした。ましてや植民地下で国自体が疲弊している時代、母は伯父たちが学校に通う間も、学ぶことを許されなかったといいます。書堂（ソダン）で学ぶ漢字は完全に男子のものでした。文字を習ってどうする？

しかし文盲の苦しさ、世界への扉を閉ざされる感じは、言葉の通じない異国へ出掛けて一人ぽつねんと佇んでみれば分るかも知れません。何をするにも人に教えをこうて、尋ねなければならないのです。

母には父と結婚して日本に渡来した当初、客に出すブドウ酒と醤油を間違えて買ってきたという笑い話があります。多くのコリアンの女性が学べなかったうらみを繰り言のように述べる中、母の愚痴を聞いたことがありません。母は愚痴る前に文字を独学していました。数字を覚え、後年自分の意思で飲食店を経営するにあたっては、収支の計算を父に頼らず自分でしていました。結婚するまでは引っ込み思案の子、嫁してからは人の妻で、大勢の子のオモニとなった母がやがて在日朝鮮人の女性組織の支部委員長を務め壇上にあがって演説する写真が一枚残っています。

結婚以外には「可能性」という言葉の概念さえなかったであろう、当時の朝鮮女性たち。母が、社会的存在としてわずかな間であったにせよ意志的に生きたとすれば、その可能性を与えてくれた社会主義の理想にも見るべきものはありました。女性同盟の活動をするために、日曜日、私は放って置かれても、母が家庭生活の外に何かを見つけてひたむきに努力する個人的な姿をみるのは新鮮で、決して嫌ではありませんでした。朝鮮総連の組織は、今、皆が思うような組織というより、絶望と疲弊から解放された在日朝鮮人が明るい未来を夢見る灯台であったと思います。だからこそ老いも若き子供も女も青年も、文字通り手を取り合って参加し依拠する大衆組織でした。

原点から遠く隔たってしまったのだから潰してしまえ、という意見もあります。一方変質が見えるなら、原点に立ち返ろうという議論もあります。しかし「朝鮮総連」の現状は、一大衆組織というよりはそれを超えた国家間のするどい対立に完全にまきこまれていて、一人ひとりのナイーブな干渉や努力ではどうにもできない、巨大な力に翻弄されてしまっているのです。

一世の在日朝鮮人家庭の大半がそうであったように、わが父・母も愛国的・民族主義者であったとは思います。ただ、熱心な民族主義者ではありましたが、両親は革命家になるにはあまりにも日常の生活を重んじる現実主義者でした。

家の中に豪奢な何がなくとも、日の出とともに目を覚まして仕事を始める清しさや、チリ一つ無く掃き清められた室内の清潔などという秩序のもつ安定が、人の心を癒して落ち着かせるということを、暮らしの空気が教えていました。

私たちは名画や名演奏だけに感動するわけではなく、「まっとうな善き行い」というものにも、同じくらい心が感じ入ります。少しの土の空間を見つけてはそこに花を育て、吹雪の朝には誰よりも早く起きて家族のために道を開き、障子の破れにはすぐさま手当てをし、冬に備えて薪の用意をする。通りすがる隣人とは、自然で温かな挨拶を交わす。その地に溶け込んでよき住民として生きること、暮らすこと。特別なことなど何も起こらなくとも、星が巡るような秩序が子供には本当に宝ものです。

両親の嗜好からか地域の事情からか、私の育った津軽地方では大阪のようにコリアンが集合して暮らすということがなかったために、日々の暮らしは今の私のありようとあまり変わりません。しかし津軽を出てみて、こういう暮らし方は在日のコリアンの暮らし方としてはあまり一般的ではなかったのだと、ようやく気づきました。

一か〇か。

多くのコリアンは日本の中で孤島のように自分たちだけのコミュニティーをつくって閉塞していたか、あるいはいきなりそこからとびだすと、今度は免疫の無いデラシネのように、どうせここは日本なのだからと一挙に日本人化していった人が多いように思います。現在、日本人との結婚が九割近くを占め、急激な日本化、棄民族ともいえる同化がすすんでいます。


私がそうしなかったのは、そうしないのは、ほとんど「意地」というもののせいだと思います。清算の済んでいない朝日関係、分断したままの祖国。そんなことより愛だ、国境や民族を越えて目の前のステキな人と愛を交わす……ということが私にはどうしてもできませんでした。

しかし一方で、我が家には早くから他のコリアンの家庭以上に日本文化が入り込んでいました。食事は徹底して韓食でしたが、幼い頃は抵抗なくユカタを来てねぶた祭りに出かけ、姉たちと「早春賦」を口ずさむような日々でした。父母の会話は故国の言葉でしたが、人の基準を誠実な魂においていて、偏狭な民族主義をふりかざす雰囲気がなかったことは本当に幸いでした。しかしだからといって、私たち家族の魂が日本人のようであってよい、同じであってよいとは考えていませんでした。

父には生涯を通じて尊敬した日本人の親友がおり、母もなんの屈託もなく地域の人々と交流していましたが、私たちに日本人との結婚だけは許しませんでした。私が育った「普通の家庭」は、多くの在日コリアンの家庭とは大きく違っていたようです。違っていてよかった点も苦労した点もありますが、大切なことはその経験が「あるべきこと」として今の私に肯定されているかどうかです。

我が家において外からの嵐を跳ね返すやり方は、人を蔑み侮るような卑小な人間を徹底して軽蔑するという、冷たくて固いやり方を意地で守り通したからにほかならない、と思います。それは静かではあっても父が頑固に持ち続けていた人間としての矜持と、随筆家・岡部伊都子さんの表現によるなら「日本の祖流は朝鮮である」という確信に支えられた誇りであったに違いないと思います。

拙宅近くの空き地は、近くに住むYさんという方の心配りで隣接する駐車場までいつも清々しく草が引かれ、四季の花が植えられて、私はYさんの心配りを思うだけで心が優しさを覚えます。

自治会の美化運動の日など、人の目のあるなしに関わらず誰よりも労を惜しまず、きびきびと仕事の先頭になっているのがYさんです。拙宅の向かいの九十歳を超えるSさんは、誰にも頼まれなくともごみ回収の日には「暇だから」とジョウロとホウキを持ち出して、公共の場をそっと掃き清めてくださいます。それを見れば、私も後の日にはそうしようと自然に思います。

いつも会うでもないのに畑をお持ちの方が、季節のナスやトマト、筍など旬の成果を分けてくださいます。たとえ日本国が在日外国人に対して差別的な施策の国家だとしても、日常の日々の暮らしの交感はそれだけではないのです。何かの縁でここに生を受けて生き、見えない好意があればこそ、私たちはつつがなく暮らしているのです。著名でもなく、英文で論文をものするでもなく、TVで人を批評するでもなく、太陽の巡りと共に起き、働き、ささやかに消費し、喜び涙し、存在することで誰の邪魔をするでもなく満ちたり……こういう人々の中で生まれ生き暮らしていることの尊さをしみじみと思います。

世の中はこういう人々の総和で成り立っているのです。どんな人が尊いかといえば、人に君臨せず、労働を厭わず、適度に頭と身体を動かし、人を攻撃しない人にちがいありません。しかし今は、ほんとうにうかうかとしていられない環境になってしまいました。どんな小さな権力でも持ちたがり、淡々と精一杯生きている人を下に眺め、軽んじ、支配しようとする人々で世は溢れてしまいました。世の中の基準が、金のある無し、それによる勝ち負けの単純な二項のみになってしまったからです。

尊い人とよき時空を共有したいと願います。どうやって尊い魂と出会うか。そうでない人がわかるのか？　顔、かも知れません。善き人々は例外なくお顔がきれい。じっと見つめて、深く澄んだ、温かい瞳の人ならそれで充分です。一緒にいて安らぎ、たとい緊張があるにせよ、さわやかな緊張。見極められない感受性なら、それはそれで仕方がありません。

友人の「ブッシュ大統領の軽率そうなサル顔より、ビン・ラーディンの方がずっと聡明に思える」という意見に困ったことに同感してしまいます。たしかに湖面を思わせるような静かな美しさです。しかし水清ければ魚住まずという諺もあります。人を寄せ付けぬ孤高の美も、過ぎると凡人の伺い知れぬ恐ろしい深遠を感じさせます。

あるとき、友人に紹介されて全国に名の知られた奈良の高僧に初めてお会いしたときのこと。

「あまりオーラを感じさせない人ね」

「だろう？　だからそこがすごい人なんだ。あの由緒ある寺のトップにもかかわらず」

そのとおりかもしれません。その方には、大勢いる修行僧の中から峻烈な競争を勝ち抜いてその地位についたというような際立った個性や、野心の放つ匂いのようなものがまったく感じられないのです。なるほど、まこと仏の道にふさわしいのは、むしろオーラなど感じさせない無為のお顔かもしれない、とその友人の指摘に視野が開かれた思いがしました。

だからこそ今、私は子供の頃から馴染んできたオーラのない善良な人々の無欲のまぶしさに気がついて、合掌したいような尊さを覚えているのです。

II

地霊

労働——サイクリング・ロードで思ったこと1

奈良・七大寺の一つ西大寺から斑鳩《いかるが》の法隆寺まで続くサイクリング・ロードは気に入りの路。何年か前にはほとりを流れる秋篠《あきしの》川の大規模な護岸工事が行われていたが、夏草はモザイクのようなコンクリートの間からグングンと伸びて、結局は毎年人の手を借りてきれいに刈り取られる。私はそういう労働のあり方が好きだ。季節毎に訪れる安定した仕事。大掛かりな機器や自然を根こそぎひっくりかえすようでない、穏やかで誰にも了解され、「有り難いこと」と人の心がおのずと和むような温かな仕事。

何百年も前からここに流れている川をコンクリートで覆わなければならないと行政が判断した根拠の気象学や地政学、地方の財政事情やゼネコンとの関係などもとより知る立場にないが、少なくとも柔らかく蛇行する由緒ある川の岸を根こそぎ掘り返して人工岸にしたのが昨日のようなのに、今はまた元からの自然がしぶとく甦って、名も知れぬ夏草が両岸の味気のない人工石の間から呼応するようにグングンと力強く伸び出し、結果として素朴な地方の季節の働き手を呼び出す「力」になっていることが微笑ましく、自転車のペダルをこぎつつ、無理がなく健全な雇用の創出はこういうもの、と一人ごちる。

意外なことに、大阪の人には洗練されすぎた京都より、田舎色を色濃く残す奈良をより愛する人も多い。著名人の中に別荘を奈良に構える人も幾人かある。たまに饒舌のタクシー・ドライバーの車にのると、誰それをのせた、誰それが訪問客としてきた、などと聞きもせぬのに教えてくれる。東吉野の辺りまでゆくと大阪のアーティストたちの別荘が、ちょっとした文化村のようなコミュニティーになっている。

大阪の小学生たちの遠足は昔、大概は奈良公園だったそうで、来訪する大阪の友人たちを案内すると「小学生の時にきた」「春に家族ときた」などというので、勢い一見さんにはあまり知られていない、志賀直哉が関係のよくなかった父親を後年和解して人力車で案内した鹿の鳴く森だの、建設時には自然破壊だといって私自身も反対しておきながら、できてしまうと自然を切り取ってまるで一服の絵のように美しい眺望の楽しめるレストランだの、まだ婚約中だった頃に家人と歩いたとっておきの東大寺の閑静な裏道などを、張り切って案内しようとするのだけれど、いずこも昨日の客が今日の客を案内するようで、実は未だに地元という気が持てないでいる自分自身に気づいて当惑するのである。もう、奈良に住んで四半世紀が過ぎたというのに。

初め、「地霊」というとよく怪訝な顔をされた。人の口からきいたり辞書で知ったりする以前から私自身にはこの言葉があって、その概念を多くの人が共有していないことにむしろかすかな驚きを覚えた。イタリアでは一般的な概念として使われていると聞いて頷く。ほうらね、と思う。歴史の旧《ふる》いところに暮らしてきた人であれば当然の感覚だと思う。家相や風水を気にする人は多いけれども、それよりもっと原初的な身体反応、のようなもの。

土地そのものから立ちのぼる、何百年も前からそこに暮らしてきた人々がかもしてきた空気のようなもの。

父と母は朝鮮半島で生まれ、私は海に囲まれた青森の、ブナと雪と豊かな自然の中で成長し、そして今一三〇〇年の古都に暮らす。けれども初めからここに来たかったという気がしてならない。

小学生のころ、大切にしていた百科事典の見返りのカラーページを、本文以上に執着してあかず眺めていた記憶がある。京・太秦《うずまさ》の金閣寺、その創建を命じたという足利義満の肖像、光琳のあやめ図、京にあるという鳥獣戯画……遠い国の手の届かないところにあるものと憧れていたものが、高校の関西への修学旅行で一気に現実のものとなり、やがて出会った人の生まれ育ったところとして、今は身近な暮らしの土地である。

奈良といっても空気は一様ではなく、新参者の私が知っているだけでも、吉野、明日香、榛原《はいばら》・菟田野、桜井・橿原、結崎・田原本、郡山、奈良市、柳生、学園前・生駒、といえば同じ国元とは思えぬほど気質や暮らしぶりが違い、いまだに他所の地域には足を踏み入れたことがない、という人にも度々出会う。私自身まだ五条や御所といったところは訪ねたこともなく、信貴山に参った時にはアニメなどでなじみの妖怪の国に来たような気がした。かの司馬遼太郎氏は、母の出身地でありながら大和の偏狭な気質を嫌って、親交の深かった開高健の妻が奈良高女出身というのさえ悪し様に書いていらした。

奈良のどこに住まうか。秋篠川にかかる「(西方)浄土橋」の西、のどかな田圃の中に一服の絵のように幻想的にたたずむ薬師寺の塔。東に唐招提寺。西ノ京という美しい名の地の一角に佇んだとき、よき地霊を感じたことを思い出す。古くからの街。旧くからの人々。移り住んだとき最も嬉しかったことは、はす向かいの八十歳を越えるおばあ様が腰をかがめて「浄いところへ来はりましたなあ。ここはいちども争いの起きたことがないところですよ」という穏やかで優しい笑顔と言葉で迎えてくださったことだ。そのおばあ様にも負けぬほど温かな向かいのSさんも「仲良くしてね。私らもここに来てまだ四十三年。他所者やから」と、古都ならではのびっくりするようなご挨拶。以後、これほど旧《ふる》い街に朝鮮人の私たちが暮らして、いやな思いをしたことがない。

拙宅の前は旧伊勢街道。菅原道真公が一服したという小さな天満宮に手を合わせる人の姿が食卓の窓からも見える。輝くような日の出も、地を焼くような茜《あかね》の日没も共に拝める希有な地。薬師寺の荘園として確かに浄い地であったに違いない。奈良にも美しいところは数々ある。けれども、朽ち果てそうな土塀の小道を歩きながら、ここに住まう縁と不思議と歓びをしみじみと感じるのである。

薬師寺から唐招提寺までの土塀の路は実に美しい。放っておけば朽ち果てそうで、しかし修繕してしまうと古色蒼然とした古《いにしえ》のえもいわれぬ独特の美が損なわれるということで、関係者には頭の痛いことかもしれない。事実、薬師寺の西塔が大和の名宮大工、西岡常一氏の手によってされた時でさえ、「無いなら無いでかめへん」と、「凍れる音楽」とフェノロサに絶賛された東塔だけの孤高の佇まいを惜しむ声も多かったと聞く。事実、唐招提寺や薬師寺周辺は一九九八年に世界遺産に登録されてからというもの、急激に整備が進み、寺の周辺を柔らかくたっぷりと包んで、「緑の中の寺」を映していた田圃はことごとくコンクリートの巨大駐車場と化してしまった。

何もない、ということで自由に想像を広げ、茫洋と古代に思いを巡らすことができ、休日ともなれば誰の規制もなくてんでに集い、寝転び、家族連れなどが球技に興じていた平城宮跡も、今はうたかたである。古代のロマンそのものだった広大な原っぱにコンクリートの立派な土台をうがち、現代人たちが想像を駆使して作った朱雀門のためにむしろ想像の翼は手折られてしまい、ここも大型観光バスの訪れる名所にはなったが、代わりに大地と天空の間で悠揚たる時空に遊び楽しんでいた人々の姿は、一条の夢のようにかき消えてしまった。

奈良を舞台に男女の濃密な愛を描いた作家に立原正秋がいる。鎌倉に住まい和装に身を包み、日本の美を自ら体現するように暮らしながら書きつづった人。その人が高井有一氏のすぐれた評伝、『立原正秋』によっていよいよ朝鮮の人と知ったときの衝撃を今も覚えている。すでに文壇では知られるところであったにせよ、私自身も巷間にもれ囁かれていた空気から薄々知っていたにせよ。つまるところ私の衝撃とは、人の内省に厳しく対峙せずにはいられない「作家」という生き方を選んだ人においてさえ、それがタヴーであったということにつきる。誰にもいえぬ孤独と誰もそのことに触れてもくれぬ孤独と。まったき「プライバシー」。私の言葉でいうならば「嘘、フェイク」と著したい関係、感覚。ある一つを殺して、もう一つを生きる不全感。恐怖にも似た不安と寂寥。立原氏はだからこそ絶対的普遍的美を求め描いたのであろうか、男女の愛を描いたのであろうか？

立原氏がさまざまな想いを嚥下して、男と女が許されぬ恋に身を灼くエロスの背景として描いた薬師寺から唐招提寺への土塀の涼やかな道も秋篠寺も、拙宅からは近いのんきな普段の散策道である。そのことも私には愉しく、そして切ない。

千三百年の古都とて、往時の寺社・仏閣、それを包んでいた田園や山野という自然の範疇にあるものも、いざとなればあらゆるものがうたかたのように姿を変え、消えてしまうのである。今ある姿さえ幻影、幻想といえぬこともない。日々の散策の折々に、永遠に続く薬師寺の遠景としてのどかに眺めていた薄紅色の蓮華の田園が、ある日突如に消滅して宅地になったのを私自身が目撃したように、この世に確実なものなどありはしない、と立原氏が考えたのなら、彼の故郷、韓国の慶州にも似た古都・奈良は、彼の小説の舞台としてこの上もなくふさわしいと思える。生活者の魂が地霊を形づくるとするなら、この地ほど現実的で、「身を灼く恋のエロス」に遠い場所はないと思うからである。

千三百年の寺にロマンを感じるのは、「他所者」である。大和の人々は男女の恋を生きない。「家の一員」を生きる保守の人々である。自宅の基層から遺跡が出たと知れば、それが他者に知られぬうちに埋め戻す人々である。そうしなければ、そこに家を建て住むことは法律的に叶わない。寺社仏閣の遠景として美しい景観を保ってきた田畑を、子の結婚の用意に売って現金（たとえそれが駐車場になろうとも）に替えてきた人々である。それが「生活」というものである。

十三年をここに暮らした志賀直哉が、「男子を養育するにあたわず」と長男・直吉のためには奈良を引き払い東京へ移っている。

三笠の山にかかる月も、歌の余興以前に、それより他には闇夜を照らす照明の無かった人々にとって、どれほどの歓びであったろう。若草山の山焼きは今に続く「どんと」の源流であろうか。東大寺・二月堂の胸躍る「お水取り」も、僧には僧の修行であり、民には松明の燃えさしで台所と家内の無病を護る「生活」の一環である。闇夜の月に恋を歌い、紅蓮の炎に手をつないで愛を確かめるのは、今も昔も生活者としてそこに暮らさぬ者の夢の特権である。

四半世紀をここに暮らしながら、未だにデラシネの感覚にいるのは、いつまでも夢見ることをやめない私の質のせいであろうか。生活よりも恋するような心を貴しと考えるからであろうか。あるいはまた、単に漂白をよしとする性癖のせいだろうか。根を下ろすことをどこかで拒み、遠く故国への帰還を思う異邦人だからであろうか。私が志賀直哉の小説を読んで見つけたとってきの場所を知っていた人は、私より長く奈良に住む人の中にも、少なくとも私の周りでは一人もいなかった。土地・場所というものが解放されているようで実は閉鎖的な空間であるという自明のことに改めて気づき、驚いたことであった。

地名の命

場所には地霊が宿っている、と思う。

昨秋、始祖の地、故郷・星州を訪れた折に、新羅の首都であった慶州まで足を伸ばした。韓国では星州、慶州、光州、全州というように州のつく地は、みな当時の中心をなしていた地である。慶尚道は慶州と尚州を擁する道、全羅道は全州と羅州を擁する道、忠清道は忠州と清州を擁する道というように、州の名を合わせて道の名がつけられたという。

現在の中国では福建省などというように州ではなく省が用いられている。日本にも九州や北海道のように共通点はあり、大阪府や京都府の府、県、市など律令の時代から残る中国の区画が現在も使われている。慶州の国立歴史博物館のすばらしい展示品の数々からは、改めてこの漢字圏の地域がきょうだいのように影響しあってきたつながりの深さが、ひしひしと伝わってくる。

慶州の歴史地区周辺には、集団で見学しにきた小さな子どもたちの歓声と生気が明るく横溢《おういつ》して、これから未来を生きてゆく若い人々の胸のうちに、慶州という場所と地域の歴史そのものが愛情の対象として刻まれてゆくのだろうと思われた。観念としての「国家」とは少し違う、祖父や祖母、父や母のゆかりの地に対する馥郁《ふくいく》とした愛。

抜けるような快晴の青空の下、のどかにしかし整然と整えられた慶州はいかにも当時の都にふさわしく、清らかな気を放っていた。

山河のありようも木々の緑のありようも流れている時間も、どこかしらのんびりとした大和の国の飛鳥辺りに似かよっていて、海を隔てた別の大陸とは思えない。むしろ沖縄や北海道ほどにも離れていない地続きを思わせる懐かしさがある。

しかし、空気は違うかもしれない。

大気は湿気のないカラリとした大陸性のものであるために、空は抜けるように透明に青い。入の心の色合いも、違うと思う。日本国ほどに控えめではなく、中国ほどに極彩でもなく。共通のものと独自のもの。変わらぬものと変化するもの。

韓流ドラマのスター、リュウ・シウォンの実家は英国のエリザベス女王が訪問したほどの大変な名家として知られているが、慶州と星州の近く、安東というところにある。

よく知られているように、朝鮮半島では名が決定的な意味をもつ。一般人である私でさえ、始祖の族譜は神話時代の新羅・朴赫居世から始まり、中興の祖は二十四代前までたどる。姓は極端に少なく同姓が多くなるため、出自を明らかにするためには名の上に始祖の出身地を冠する。つまり安東・金氏、金海・金氏と表記することで、同族同士の婚姻などをも厳しく禁ずるのである。

ところで畿内のあちらこちらに、なんと朝鮮半島ゆかりと思われる名が多いことだろう。例えば、韓国神社、新羅神社、比売《ひめ》神社、さらには奈良・東大寺にある辛国神社、北葛城の広陵町百済など枚挙にいとまがない。

尊敬する日本の方に、「在日？　僕だって一三〇〇年前に先に日本に来た在日ですよ。早いか遅いかだけだ」と、虚をつかれて、笑い合ったことがある。二〇〇〇年の時空を駆けて、始祖と同じ雄大な旅をして今ここにある御縁を、不思議なおもしろさとして受け止めることも、できそうである。

市町村合併などによって旧い名が排され、全国一律の「夕陽丘」や「光が丘」などが席捲してゆくとすれば、そのときに消えるのは、名のみにあらず人の命の歴史そのものである。京や大和のみならず、日本中に残る由緒ある地名をぜひ、大切に残してもらいたいと思う。

（二〇〇七年）

鬼は外　福は内

旧暦で、今年（二〇〇六年）の元旦は一月二九日。西洋暦の元旦の賀状でいくら「初春の―」と挨拶を交わしても、実際の感覚としては、春はまだまだ遠い。奈良ではなんといっても三月の「お水取り」（修二会）が過ぎてこそ、ようよう本格的な春の兆しという感がある。

奈良を訪れる客人を案内して、東大寺・二月堂からの眺めを喜んでもらえることが一番多い。二月堂は、春を告げる修二会では、十一本もの松明が天をこがして駆け巡り、懺悔をして邪気を払い、ほとけの加護を頼んで世の安寧を祈願する聖なる舞台である。もっとも奈良らしい奈良の風景がそこにある。そこには、人々が旅行社のパンフレットや小説等で長年膨らませてきた、美しい奈良のイメージを決して裏切らない、清冽な「気」がある。私自身も三十五年前、この気に惹かれて縁を覚え、二十五年前、まだ朝もやの立ち込める東大寺の霧の中を歩いていて、「奈良人」になることを決意していた。

近鉄・奈良駅から若草山の方向を向いて東上し、国立博物館を過ぎ、東大寺の大門をすぎた辺りからは、明らかに「気」が違っている。けれどもこの「気」は誰のものであろうかと、ふと思う。

子供の頃に見たヤマトタケルノミコト（倭健命）による八岐大蛇《やまたのおろち》退治物語は、伝説上のまったくの作り話と思っていたが、『古事記』によると「やまとは／国のまほろば／たたなづく／青垣／山こもれる／やまとし／うるはし」という有名な歌は、父・景行天皇から疎まれた倭健命が、自らの最期を悟って詠んだ望郷のうたであり、しかもさらにはそれが、『日本書紀』では景行天皇の国褒めの歌として横取りされている（白洲信哉氏）ときけば、頭は混乱するばかりである。どこまでが伝説で、どこまでが史実なのか。

さらには、現代の百貨店の基層からは、悲劇の皇子・長屋王にまつわる木簡が数多く出土し、談山神社は、中大兄皇子と藤原鎌足が蘇我入鹿暗殺の謀略を謀った神社といわれ、以前住まっていた桜井・初瀬の川べりには、壮絶な戦いの「気」を感じる。縁に牽かれて奈良人になったが、人を憎んでやまない憎悪の「気」にのまれるのだろうか、一向に安らかな奈良人になることができない。

奈良には二つの「気」があるのだろうか？　おそらく。

倭の家屋は塀を巡らし、内を掃き清めて、チリは掃きだす。公の場に思いを致す人間は少なくなる。身内には手厚い情で接し、余所者はとりあえず排除する。

内は内、外は外。福は内、鬼は外。わかりやすい明確な文化。

名は高くても、まだ一度も訪ねたことのない寺もあれば、幾度となく引き寄せられる場所もある。志村ふくみ氏の『語りかける花』（人文書院）に引かれて、不空羂索観音を知り、初めて二月堂に並ぶ三月堂に参った。天平から鎌倉時代までの十六体もの御仏が所狭しと立像し、静かに語りかけてくる。聖武天皇も光明皇后も平将門も松尾芭蕉もなでさすったという一二六〇年まえのヒノキの柱が、今は私の目の前に、私のものとしてある。

一三〇〇年もの間、人々の愛憎と煩悩を眺めつづけてきた仏様たちの大いなる「気」は、それを求め感応する者の間にだけ認識される。

二月堂で行われる修二会の行事で、過去帳が読み上げられるが、鎌倉時代、僧・集慶の前に謎の青衣の女人が現れ、恨めしげに「など我が名をば読みおとしたるとや」というのに集慶がとっさに応え、「しょうえのにょにん」と読み上げると、満足げに姿を消したことから、以後今日まで「青衣の女人」と読み上げられているという、温かな故事。女人禁制の時代の、さらに青色は外国の貴人の色ともされた時代に、この二月堂の中に充ちたであろう素朴で人間らしい優しい気が、文字通り奈良の都に「春」を告げてきたのに違いない。

（二〇〇六年）

道

知らないことが本当に多い、といつも思う。

　奈良の城下町・大和郡山は、東北の城下町・弘前出身の私が嫁してきたばかりの頃、いつまでも関西の風土になじまず寂しがるのを見かねて、家人が最初に連れて行ってくれた町である。奈良は寺社仏閣や古墳、天皇陵のイメージが強いけれど、考えてみれば奈良にも戦国や江戸時代はあったわけで、筒井や高取など、小さいけれど城の名残を留めている所は、そこかしこにある。私は総じて日本の城が好きで、今も主要な都市の中心に、豊かな緑と水をたたえた堀などの城跡が公苑になっているのを見ると、それを長く護ってきた人々の幸甚を思わずにいられない。鍛治町や代官町などという町の名もゆかしい。こういうものこそ日本の宝だと、しみじみと思う。

　いつだったか、九州の大濠公園を歩いていて福岡城をうらやましく眺めていると、そこに「この城は朝鮮半島の山城様式から影響を受けていて……云々」という説明文があった。いかにも日本独自のものと思っていた城が、実は朝鮮半島との関係も深かったのかと嬉しく、又きちんとそれを教えている福岡市教育委員会のあり方にも好感を抱いた。愛情や親密な感情というのは、このように小さなさりげないことから確かに生まれ育ってゆくのだと、わが身を通じて実感したことである。以来福岡は、私の最も愛する街の一つとなっている。

郡山城跡にひっそりと佇む柳沢文庫には、今もこの街の成り立ちを示す多くの資料が残されている。ある日その中に、朝鮮通信使を接待するために京都に遣わされた家老の記録を見つけて、興味をそそられた。接待の心得や料理の品書きまで、事細かに記録されている。今年は「朝鮮通信使四〇〇年」の節目の年で、ゆかりのあちこちで記念の行事がもたれている。私には朝鮮通信使が通った沿道でもない郡山に何故その記録があるのか意外だったが、その謎はすぐに解けた。

近江は、今でも守山の辺りから彦根まで、将軍と朝鮮通信使以外は使えなかったという専用道路「朝鮮人道」がのこっているほど、通信使と因縁の深い土地である。ゆかりの高月では地域をあげての手作りのキムチが特産になっている。なんと大和郡山藩は、その近江に飛び地として領地をもっていたというのである。それだけでなく江戸時代には藩を超えて協力する体制があり、京都には事あるごとに周辺の藩が駆り出されていた。

実は朝鮮通信使は室町時代に端緒があり六十回を数えている。徳川の一六〇七年に始まった大掛かりなものは、一八一一年までに十二回。一行は一度に四百人あまりを擁し、江戸までの街道沿いにさまざまな文化の交流をみて、その跡は今も広島は鞆《とも》の浦の対潮楼や岡山の唐子踊りなど、沿道に影響をのこしている。秀吉の時代の禍根を絶とうという両国の意志は、新井白石などがあまりの華美な接待に財政の逼迫を心配して廃止を提議するほど、重要な国家行事になっていた。今、過去の交流の歴史を、両国の子供はどれほど教えられ知っているだろうか。

道、という文字が好きで、叶わなかったけれども、かつてはわが子の名にもしたいと願っていた。地味だけれど凛とした、確かな好ましい感じがするのである。しかしある日のテレビ番組で、道という文字は新しく作った街道などを、厄払いのためか人の首を持って歩いたことに成ると教えられて、慄然とした。

香道、茶道、華道、書道、弓道など、日本の文化の優越の一つは、何事をも「道」にするほど厳しく精神を様式化し、ゆるがせにしない緻密さにあると私は思う。しかし一方でこの一途さは、一歩まちがえば一挙に単純なナショナリズムへ突き進みかねない危うさをも孕んできた。魂の伴わない様式ほど空しいものはない。すべての道は、弱きを助け強きをくじいて自らを厳しく律し、他者との出会いとコミュニケーションを願って拓かれたものに他ならない。

八代将軍・吉宗は、武士たちがもはや使い道の無い刀を質草に入れるのを見て、武士が刀を必要としない時代こそ善き時代と、太平の世を大いに悦んだという。武士は喰わねど高楊枝。私には「もののふ」のことなどもとよりわからぬが、城下町の風情には、虚飾と無駄を排した素朴な街づくりの根幹にスッキリとした品のよさが感じられて、私は落ちつき惹かれるのである。

（二〇〇七年）

飛鳥——悠遠のまほらへ

奈良、と一言でいっても、美しく整備され洗練された東大寺や奈良公園、興福寺の辺りと、自然のままの田舎といった風情を見せる明日香路では、天と地ほどの開きがある。

好みは別として、大和民族が〝国のまほろば〟という時の往時のおもかげを色濃く残しているのは明日香路（飛鳥）の方。

畝傍《うねび》山、耳成《みみなし》山、香久《かぐ》山の大和三山に囲まれてその中心に広がる藤原京、その南のふもと一帯に飛鳥川と高取川を抱いてあるのが、飛鳥（現在の橿原市、明日香村）である。

飛鳥を散策するには、近鉄吉野線の橿原神宮前駅か、岡寺駅、飛鳥駅で降りるのがいい。小さな村、とはいっても、どうせ一日で回るのは無理だ。半分だけ、と心を決めたら真ん中にある岡寺駅はやめて、レンタ・サイクリングの出来る橿原神宮前駅か飛鳥駅におり、ゆっくり、のんびりと飛鳥路を楽しむのがいい。残りの半分はこの次、と楽しみを残して。

どこを訪れるにしても、歴史的背景のわからないことほど、つまらないことはない。いにしえのいわれを知って訪ねることほど、心踊ることはないだろう。

私は、黒岩重吾氏の『落日の王子――蘇我入鹿』と、千坂長著『飛鳥・その青い丘』そして『大和路散歩』というガイドブックの助けを借り、春の修学旅行生の喧噪と夏の本格的な旅行シーズンの合間をぬって、七月のからりと晴れ渡った絶好の日に桜井から車でひっそりと静かな飛鳥を訪れた。

まずは千坂さんのお教えに従って国立飛鳥資料館へ。千坂さんはその著書の中で、

「――飛鳥は日本人の心のふるさとである――私にはどうしても、この言葉の意味がわかりません。（中略）結論として、飛鳥時代の飛鳥は古代朝鮮だということでした。ですから『日本人の心のふるさと』という言葉は、『飛鳥はもともと朝鮮人であった現代日本人の心のふるさと』と言えばすっきり理解できることなのでした。（中略）私は飛鳥を勉強することで朝鮮を知り、朝鮮を知ることで自らの国を知りました」と語っている人。千坂さんの『飛鳥・その青い丘』（青い丘とはもちろん朝鮮のこと）を持って飛鳥を巡れば、また、まったく違う趣があるだろう。

飛鳥資料館の広く美しい前庭には、飛鳥に点在する謎の石物群のいくつかが、レプリカになって展示されており、須弥山石《しゅみせんせき》と呼ばれる、上中下三つの巨石を重ねたサイフォン式の噴水装置の

実物にも会うことが出来る。しかし何と言ってもここでの最大の収穫は、飛鳥というより大和盆地の美しい全景の模型を見ることができることだ。

大和三山の位置関係、藤原京、飛鳥川、高取川、そしてそれらを取り囲む、二上山、生駒山系、三輪山、古墳群などの場所を確かめたら、あとは長居は無用、いざ、飛鳥へ。

飛鳥の中で、何といっても私の一番好きなのは、甘樫の丘だ。資料館からは車で四、五分の所にある。

ふもとから木立をぬってほんの七、八分も登れば、胸のすくようなパノラマの展《ひら》ける、甘樫の丘の項上である。

何度訪れても、ここは美しい。本当に美しい。

実をいうと大和はどこもかしこも低い屏風状の連なった山々に囲まれていて、幽閉されているような閉塞感に襲われるのだが、ここからの眺めだけは、まさに一幅の美しく描かれた絵のようだ、と思う。ここに登った時にだけは、古代人《びと》たちが、この地を愛し、ここに都を築き、ここに生きた理由がわかる、と納得してしまう。

資料館でみた模型のそのままが、甘樫の丘からは見渡せるのだ。

私は、甘樫の丘に登った時にはいつも甘美な想いにとらわれて、目を閉じてみる。

私は古代人。

聞こえてくるのは、鳥のさえずりと、ふきわたっていく風の音、木立のざわめき。そして目の前に広がるのは、夏の陽光にきらきらと輝く、肥沃な大地に豊かに広がる緑の海。


遠くの右にかすかにたなびく　香久山の白衣《しろたえ》。

ポッカリと美しい　耳成の山。

満々と水をたたえた　和田の池。

気高く　寂し気な二上の山。

ほのかに　たなびく　苫屋《とまや》の煙。

けれど現実の世界は、絶えずごうごうと遠くを走る電車や車、工場からの機械音など近代の音が丸い盆地の中を反響し、甘樫の丘から見る〝北〟にはすでに現代の建築物が次々と建てられ、いつかの間の静寂さえも許してはくれない。

往時の人々が感嘆してその美しさに目を細めたであろう緑のじゅうたんも黄金だけの波も、想像してみるしかない。

けれど甘樫の丘から見る南側半分は、いまも〝飛鳥〟だ。

丘から北の藤原京の方を望んでいた視線を右に移すと、聖徳太子が生まれたといわれている橘寺や、日本最古の仏教寺院といわれる飛鳥寺の瓦屋根、そして田んぼの中に寂しげに甘樫の丘を見つめて立っている蘇我入鹿の首塚が見える。

そもそも、私がこれほどまでに甘樫の丘に惹かれるのは、もう十年も前、初めてここを訪れる時に、黒岩重吾氏の書いた小説『落日の王子――蘇我入鹿』を読んでいたからだ。

日本の古代史に、天皇家と敵対した逆賊としてしばしば登場する蘇我一族。そしてそれ故に渡来系とされる蘇我一族。その蘇我一族の最後のプリンス入鹿が中大兄皇子と藤原鎌足に殺された場所といわれる伝承の板蓋宮《いたぶきのみや》や事件の当事者たちがその後陣をはったといわれる飛鳥寺が、この丘からは、ほんの手の届きそうなほど近くに見えるからである。そして何より、その日入鹿はこの甘樫の丘から板蓋宮に向かったといわれ、息子の死を知って父蘇我蝦夷が邸に火を放って自害した場所、といわれるのが、他ならぬこの甘樫の丘なのである。

この丘からの展望は、その誰にも天下取りの野望を抱かせずにおかないほど、美しく見事な大和を見せてくれる。さらに夕、天地を染めあげてゆく飛鳥の落日は、凄絶なまでに美しい。

飛鳥には未だに、その用途も目的も、否その呼称すら論争の種になっているような謎の石像群が数多く残されている。ユーモラスで、けれどどこか哀し気で不思議な石の数々を巡ってみた。

まずは石舞台。

ほんの二十年ほど前までは、野にあるがままにぽつねんと置かれたまま、人々に愛されて子供たちが自由にその上にも上がり、肌にも触れてたわむれていたという。が、特別史蹟に指定されてからは、周りに囲いができて権威づけられ、近づいて写真をとるのにも、入場料がとられる。繰り返し流されているテープレコーダーの説明が、「誰の墓かは判りませんが、蘇我馬子の墓ともいわれています」というのを聞いて、これほど繰り返されれば、説明される人は「誰の墓かは判らないけれども、蘇我馬子の墓だ」と、信じて疑わないようになるのだろうと思う。

大和の、飛鳥の遺跡には、そんな例が多すぎる。

今でこそ天皇陵は美しく整備されているけれど、それは皇国史観の確立されたごく最近のことで、しかも管轄の宮内庁は、内部の調査を学者にさえ許さず、封印している。渡来系、ことに朝鮮からの強い影響を隠蔽し、歪曲したいがためでは、と指摘する人も多い。

私には、石舞台の古墳を何度も訪れて見ている間に、人間が大空を仰いで、どんと寝ている様に見えてきた。しかも可愛い子供。けれど、この石は一個七五トンもある。一体どこからどうやって、こんな巨大な石を運んだのだろう。

石舞台を見ていて、もう一つ思ったこと。この墓に限らず、また日本に限らず、中が盗掘されて、空という墓は多い。上代の人々は、人の死や、その墓をあばくということに対して、現代の私たちには想像もできないほど、クールだったということ。神も死も信ずる人にこそ重たけれ、そうでない人には、露ほどの意味もないのである。

石舞台から車でほんの十五、六分ほどのところに橘寺の二面石、さらに五分ほどの道端に亀石(カエル石だという人も同じ位多い)、そこからさらに五、六分のところに「鬼の雪隠」「鬼のまないた」、吉備姫王墓・欽明天皇の四体の猿石と続いている。この石像は実は欽明天皇陵の池の中から発見されたものだが、今は何故かせせこましい吉備姫王墓の棚の中に、まるで閉じこめられたように、安置されている。

飛鳥の遺跡は、天皇の歴史に結びつけられているものが多いが、この謎につつまれた石像群だけは明るくてエロティックでユーモラスで、後世の人間のもっともらしいこじつけ話を皮肉なまなざしで笑っているように感じられる。あまり日本の匂いがしない。全地球的な宇宙的な、カラリとしたイメージである。

独断ではあるけれど、飛鳥の中でも最も飛鳥らしい景色は、亀石から高松塚古墳にかけての風景ではないかと思う。朝鮮半島にも通じるよく似た風景である。

最初に訪れた飛鳥資料館の展示の中に、高松塚古墳に描かれていた女性たちをモデルに再現した、古代人の食事の絵があった。

その衣装、立て膝のスタイル、貴人のためだけに用意された金属製のスプーンと箸、食器。何もかもが現代の私が日常で知っている朝鮮風のものばかりで、胸をつかれた。さらには橘寺や飛鳥寺で見つかっている朝鮮と同種の鬼瓦の多種多様。

日本の歴史は朝鮮の何もかもを否定しようとして、朝鮮の息遣いをあちこちに感じさせる飛鳥の遺跡の中でも、とくに隠しようもないほどはっきりと朝鮮を語っている高松塚古墳壁画の説明にさえ、姑息にも決して朝鮮ということばを使わずに、「大陸、中国」の影響を強調する。けれど、だからこそ私は皮肉にもそこに朝鮮そのものを確信せずにおれないのである。高松塚古墳のすぐ横にある文武天皇陵の辺りは、渡来人の大集落であったと皇国史観の人でさえ認めざるをえぬ里である。

今回の飛鳥路巡りの最後に高松塚に辿りつき驚いたのは、そこに群生していたのが槿、ムグンファ――朝鮮の国花だったことである。誰が植えたのかわからない。そこに初めから咲いていたのか、後で植えたのか。

高松塚の被葬者は今も謎である。けれども遺された人々が、これほど渡来人の多い地に弔った心の有りようをこそ、思わずにいられないのである。

――たたなづく　大和し　うるわし――と歌われる飛鳥には、日本民族の源流を求めて訪れる人、文人、歌人が後をたたない。しかし日本は海洋国である。朝鮮半島を臨む海の荒波、瀬戸内海のおだやかな潮の行き交い、きらびやかな太平洋の広がり。海を入り口、出口とした人、物の交流の豊穣。だが飛鳥には海はない。山また山に囲まれた、むしろ外界と隔たった世界。大和の人は今むしろ閉鎖的である。内なる同族に向けた強い結束と、他所の者に対する排斥の心。それこそが大和の魂というなら異論はない。けれど、本当にそうだろうか？

私の心に、ふとこんな謎解きのキーワードが浮かぶ。

海を渡って、日本に住みついた人々。
海を渡って、日本をふるさとにした人々。
海を渡って、日本人になってしまった人々。
海を渡ってきたのに、新たな渡来人を排斥する人々。

飛鳥の空気はなつかしく、しかし私にはいまだ遠い。

（一九九一年）

他郷暮し《タヒャンサリ》

奈良のように、ひとところに長く住んでいる人との暮らしの場に入ると、時々自分はあてのない流れ者か根無し草のような気のしてくることがある。

周りは二、三百年、あるいはもっと長くかも知れないが、土地を離れることなど思いもよらないというような暮らしぶりの人々なので、例えば我家の向いの、もう七十の坂を越えたような老人が「うちなんか、まだまだ。やっとここに来て三十年ですから」などと平気でいうのを聞いては、驚いているのである。

この奈良を無性に愛した人間の中に、十三年をここで過ごし、六人の子のうち下の三人はこの地でもうけ、その子供たちは大和弁を使っていたという志賀直哉がいる。

志賀の引越し好きは有名で、生涯にわたって尾道、松江、我孫子、京都、熱海、東京、東京の中でも下町、山の手と、かなり頻繁に、しかし一、二年というのではなく、五年や十年などという長い単位で暮らしているのである。明治十六年生まれの志賀が五十路を越えても尚、住む場所や住居に並み並みならぬ情熱を持っていたこと、そのために移動をいとわなかったことを想う時、その身の軽さ、エネルギィ、そして同時に逆説めくが、見知らぬ土地に腰を落ちつかせて住んでいられる精神の落ちつき方というものには、感嘆を禁じ得ない。

もっとも志賀の愛したのは、三室の山にかげる青白い月の光や春日の森の静寂であって、圧倒的多数を占める、一般的な大和の人々の日々の暮らしの空気ではなかった。

又、志賀の移動には大家族のみならず取り巻きも付随して大挙移動し、訪問客もにぎにぎしく、周りはいつも『白樺派』のサロンの様相を呈していた。わずらわしい近所付き合いや日常の茶飯は夫人まかせにできる「男」性だったことも、もちろんある。しかし独身の頃に一時身を寄せた尾道も、東京までは当時ほぼ丸一日を要する距離である。帰省の度に、あちらに降り、こちらに寄りして友人たちと旧交を温め、又遊びながら移動しているのを見ると、その気の長さ、体力に恐れ入るのである。志賀だけではない。谷崎しかり、武者小路しかり。

もちろん経済的余裕が無くてはできない。しかし、それにしても、と思うのである。旅の質に。

土地に定着している人々の多くいる所に来ると、まずは「他所者《よそもの》」として素性を疑われ、親戚縁者で固められた人間関係の中で寂寥を味わい、時に排斥を受けたりする。そのような中で、あの時代に志賀や谷崎や武者小路が自由に土地を移動し、ことに志賀など、奈良を離れた後にも幾度と奈良詣でをするほど、奈良をなつかしみ愛せたのは、一重に、そこでいやな思いをしなかったからであった。

彼らは日本の特権階級に属していて、疑われるどころか、どこでも大底は尊敬され歓待された。いつもいきなりその土地の名士や有力者と結びつき、あるいはそれすらも必要としないほど自分たちだけの世界で充足し暮らしていた。

皆が知っているようで、案外気づいていないことだが、あまり貧しくては、居を移すどころか身の移動すらままならず、人は生涯生まれた所で生き、死んでゆく。又一方、目を覆うばかりの貧困は、人にひとところに滞まる安穏を許さず、水に漂う藻のように心細く、放浪するような境界を与える。

いつの時代も、権力と芸能の関係のように最高の権力にある者と、最も虐げられている者との距離は近く、生活の形態はしばしば似ている。しかしその内容は当然、天と地ほどに違うのである。

儒教という恐しいドグマに呪縛されてきた朝鮮民族の精神史はさて置くとして、在日朝鮮人の、ことに二、三世のメンタルには深刻な影の差していることが多いらしい。らしいというのは、幸いというべきか偶然というべきか、私の周りには案外からりとふっきれている人間の方が多いために、巷間いわれるような「在日としての――」などという画一的で大まかなものいいに、単純に納得して乗れないというような気分があるからである。

小田実という人が、次のようなことを語っている。

「植民地にされるということは、私の表現を使うと、される側の王様から乞食までが、する側の王様から乞食までの下に立つ、ということなんです。いざとなったら、する側の乞食のほうが、される側の王様より絶対的に上です。（黒人と白人の関係もそうですね）される側のどんなに人格高潔な人でも、する側の人格下劣なやつの下に立たされる。そうなると、上からの重圧で、される側は否応なしにみんなぺっちゃんこにされてしまう。道徳や階級のピラミッドは、ぺっちゃんこになってしまう」

個人、および家族という単位が、それの属する社会や文化の影響を避け難く受けざるを得ないということに関しては、誰も異論をはさむ余地は無い。しかるに、在日コリアン一世が作った家庭、つまり二世の育つ家庭の空気は、否応なく限りなく祖国の空気に近く、外の環境は限りなく日本である。最初から自明のこととしてあるこの二重性、矛盾にそれぞれの家庭のリーダーがどう向き合ったか、どう対処したかで、在日コリアン二世のメンタリティは、ほぼ決定してしまったはずである。

人は誰でも、思いがけなく土地を離れざるを得なくなった時には、精神に動揺を来たす。

思いがけなく外国に住むというだけでも大変なことであったのに、そこが思いがけなく「ひどい差別をされるところ」だったというだけでも悲しい驚きであったのに、その上日々の生活を整えるゆとりさえない境遇であれば、それはどこの国のどのような人種の人々にとっても、大変な無力感を伴う絶望的な不幸であることはいうまでもない。しかるに、日本という国に侵略されながら、〝日本という国に侵略された民〟として住む在日コリアンが辛かったのは、自明のことであった。

〝人間的に劣っているから異国で辛酸を舐めているのではない。政治的に弱い国の民であったから、このような状況に陥っているのだ〟ということがよくわかっていた人々は、だからこそ「朝鮮人！」とさげすまれれば、「何故だ！」とその悔しさに正常に反応して憤慨してきたのである。多くの一世たちである。

しかし経済的豊かさの中でこそ育まれ伝えられる〝教養〟や〝文化〟や〝遊び〟というものを、家庭の貧しさという事情から受け継ぐことのできなかったコリアン二世の中の人たちは、つまり「揺るぎない誇り」というものを身につける機会の少なかった人々は、粗暴と名付けたいほど無知な人々から理不尽な「朝鮮人！」というさげすみを受けると、救い難いほど精神的打撃を受けて自信を失い、劣等感にさいなまれて、〝卑しめられる自分〟という存在のあり方を受け入れ、卑屈な精神構造になっていったらしいことは、想像に難くない。

在日コリアンがコリアンとしての自信と誇りを喪失し、アイデンティティを失なって日本に同化してゆくことは、「異質」を極端に嫌う日本政府の望むところでもある。こうして、極めて政治的なことから派生した問題は、いつしか優れて情緒的な問題を生み出し、朝鮮人イコール劣った存在イコール劣っている自分、という心理となって、救いのない無力感と哀しみを若いコリアンたちに植えつける結果になった。

在日コリアンの一世にアルコール依存症が多く、その二世にビターなメンタリティの人々が多いというのは、統計をとった訳ではないけれども生活の実感から、事実であろうと思う。

日本という、自国の非を認めようとしない、倫理的に極めていやしい（加藤周一氏評）国が、コリアンを政治的に政策的に制度的に徹底的に窮地におとしめ、成功の芽を摘んでやろうと策を弄するイジメに近い状況の中で、しかし在日コリアンの家庭の多くの父親たちがアルコールに走ったというのは、すぐれて個人的な弱さからであると論ぜざるを得ない。その弱さの弁解を他国の辛らつな政策のせいに転嫁するのは、その政策と同じくらい、倫理的にいやしいことに違いない。原因は成程そこにあったかも知れない。しかし、アルコールに走ってウサを晴らし、家庭を乱していったとすれば、それはコリアンとしての血がそうさせたのではなくて個人の弱さのせいである。

個人としての弱さ、父親としての人間としての弱さに正面から向き合えない人々は、全てを「侵略された国の民として生まれた辛さ」のせいにしたのかも知れない。しかし、そのような家庭の子供たちは、本来すぐれて〝私的〟な家庭の機能不全という問題を、巧妙な大人によって、到底個人では立ち向かえないような「国家間」の問題にすり変えられることによって、二重三重の虚無感の中におとしめられたに違いない。本来家庭の中で解決すべき問題の矛先を、「コリアンであること」に転嫁して攻撃を外に向けることは犯しやすい誤ちである。柳美里氏の崩壊した家庭はたしかに在日コリアンの家庭だが、在日コリアンの家庭のほとんどが、柳美里氏の家庭のようでないのは明らかなことである。柳家はコリアンだったために崩壊しているのではなくて、崩壊する事情を背負った父母が〝子供を守る〟という命題以上に、その両親の事情を優先させたために、崩壊しているのである。その何よりの証拠に、柳美里氏は繰り返し、自分は崩壊した家庭の子であるということを訴え続けながら、自分を韓国人だと思ったことはない、と明言しているのである。朝鮮民族にとって確かに日本という国は過酷な国家であり続けているけれども、日本という国家の差別のせいで、柳家が瓦解した訳ではないのである。

何事によらずハードとソフトというのは極めて密接に連動している。在日コリアンの直面している問題は、極めてクールな政治的問題であって、貧しく停滞した祖国が、まさに王さまから乞食に至るまで他国に侵略されたことによって、民族全体が無力感＝可能性を閉ざされた哀しみ、つまり王さまでさえ他国の乞食に罵倒される状態にあった、と自覚すべきである。とすれば、逆説的にその理不尽な哀しみから抜け出す道も、おのずから見えている。

在日コリアンの中でも、当初からその陥穽に陥らずに済んだ人々、あるいは早くから「無力感の哀しみ」から抜け出した人々がどのような人々であったかに目を向けることは、少なくとも在日コリアンとしての哀しみや憤りに身もだえしているよりは、はるかに希望に充ちた意義深い、前向きな姿勢であるに違いないと信ずる。

（一九九七年）

上方の味——三題

だし

大体が東北の生まれ、意識するもしないも前に、しょっぱい味に慣れ濃い味好みだった。味覚は頑固で、人は歳をとればとるほど、幼いころ若いころに慣れ親しんだ味に回帰するといわれる。いわく「おふくろの味」。

思いがけなく関西に居住することになり、心身がこれ以上ないというほどの拒否反応、つまり今いうところの適応障害を、あらゆる形態で起こしたにかかわらず、唯一意外なほどすんなりと受け入れて適応したのは「薄口」への好みであった。

もともとだしには手抜きをせず、結婚してすぐの共働きの忙しい時代から子供が生まれてからの離乳食時期にいたるまで、すべて煮干しと昆布、かつおから作りおいて冷凍しておくほどに手をかけていたが、最後の味付けは濃口醬油でしていた。当時の住まいは千葉である。東海地方は味噌が名高いが、関西以北は大体が濃い味であると思う。

私が薄口醤油に出会ったのは、婚家の台所においてである。姑は万事に「主張をもたない」という強い主張を持った人で、頭の中は保守的な朝鮮人であるのに暮らしは日本風という在日コリアンの一世。そこで、料理は韓国料理を関西の薄口醤油で作るという按配。台所で権威を振るっていたのは薄口醤油であったので、必然的に私の口も薄味に慣れていった。

薄味を上品と考えてしまうのはおかしいといえばおかしいのだけれど、肉体労働に従事する人が汗で輩出した塩分を補おうとする肉体の欲求から、どうしても濃い味を求めてしまう傾向からの印象と、会席などの高級料理が薄味であることから来ている連想であろう。しかし、いずれにせよ素材そのものの風味や色を残したまま食する有りようをこそ自然の風雅と考えるならば、やはり味付けは淡くてきりりとした薄味が断然良い。

何事によらず深情けで、故郷のものはピンからキリまでかばい立てして贔屓の引き倒しのようになってしまうさすがの私も、ときどき津軽の味付けを食すると、今ではやはり「野暮ったい」と感じてしまう。

関西に暮らして四半世紀をすぎてもなかなかなじまず、言葉もおぼつかない私であるのに、胃袋だけはあっさりと寝返ったところをみると、自身の中枢（本質）をなしているものが食欲であることを認めざるをえない。考えてみれば幼い頃から、私は悲しいと食が喉を通らなくなり、失恋をしては胃潰瘍になって入院し、怒りは顔より先に胃の痛みで知るという全身これ「食」のような人間であった。因みに最近は、どんな美味しいものを食べても、最後はやっぱりキムチが食べたい。

筍

豆ごはんも筍《たけのこ》ごはんも、特別味があるわけではないのに子供の頃から好きだったのは、毎日の白ごはんというマンネリズムに対して「わあ」というサプライズ、意外なものにたいするお楽しみ感が好きだったのだと思う。

驚くことも驚かせることも大好きな子供らしい子供。しかし世の中の人間がだれでも子供を好きなわけではない。ましてや既に「大人」の齢に達しているのにいつまでも子供っぽい大人に対しては。長い間子供っぽかった私も、随分とひどい目にあっているうちに、今ではようやくそのことに気がついている。

家の中で私以上に炊き込みご飯の好きだったのは父である。我が家の食卓にさまざまな炊き込みご飯が登壇したのは父の好みに母が素直に従ったからである。思えば少し前まで女は男に従順で、男は何でも好きなものを女にオーダーしていた。それを誰も不思議だとは思わなかった不思議な現象。男女共学が進んだ現代では、誰もが馬鹿らしくてとてもやってはいられないと考える不思議な洗脳。ともあれ炊き込みご飯に対して寛容だった母も、こと鰻《うなぎ》に関しては妥協しなかったために一度も食卓にのぼったことがない。私は父が八十歳を超えるまで、父の好物が本当は鰻だったことを知らなかった。

他の姉妹たちが白いご飯の中の豆などを恨めしげに眺めてこっそりどかしているのを代わって引き受けるのは、大概が私か父である。他のものなら絶対にわたさない姉たちが、ことご飯の中の豆となるととたんに気前が良かった。

津軽に暮らしていたときには、炊き込みといえば青々としたさやえんどうや大豆、栗であったが、関西に住まうようになって一番の気に入りはなんといっても、春が旬の初々しくみずみずしい筍である。これに適うものはない、といつも思う。毎年ありがたいことに、ご近所のどなたからかのご好意があって、春の命そのものといった朝採りの土のついたままの筍をいただく。山菜独特のぷんと鼻をつくえぐ味も、大人だけが知りえる悦びである。

さくさくと柔らかい生まれたばかりのような筍は、そのままかぶりつきたくなるほど美しく愛おしい。採れたての旬の味を、塩とかすかにわかるほどのうす口の醤油だけで、よく砥いだ清らかな米と一緒に炊き上げる。この時ばかりは炊き立ての筍ご飯を、チリンという音がしそうなほど小ぶりで上品な薄手の茶碗によそおい、口をすぼめて一口二口、少しずつをしっかりと噛みしめ味わっていただく。いつのまにか関西人になって、至福の口福にうっとりと思わず目を閉じる。

朝鮮料理のときには膝を立て、スッカラッというスプーンで豪快にご飯をいただくのに。古今東西の味を「なりきって」堪能できる幸せを、食事のたびに感謝する。

生麩

ところ変われば品変わる。すき焼きの作り方ひとつをとっても、上方と関東以北では手順がちがい素材がちがう。醤油が先か砂糖が先か、割り下を入れるタイミングは等、これほど情報が飛び交う時代になっても、実際に居を移してみなければ日常の些事にこれほどの違いがあることが、わからなかったと思う。場所を移すと、たしかに視野は広がる。

意地になって互いをののしる向きもあり私もはじめは東軍よりであったが、我をはって片方の味しか知らぬより、あれもこれもと寛容な方が人生も味わい深く愉しいとわかってからは、こだわりがなくなった。これを「大人になる」と世間ではいうらしい。

結婚するまで麩といえば、乾燥したものを味噌汁にいれる食べ方しか知らなかったが、関西の婚家ではすき焼きにも入れるのをみて驚いた。ちなみに関東では白滝や糸こんにゃくを使うが、関西ではマロニーや葛きりが多い。嫁してからのさまざまなあつれきがあってひねくれていた私は、葛きりはまだしもマロニーなんて、と食べる前から聞きなれない軽薄な音を小馬鹿にしていた。人の保守性は食に最も現れる。体外から取り入れて自らの血肉にすることを思えば当然であろうけれども、いまでは私もすっかりマロニーになじんでいる。少しは人間としての偏狭さが緩和されて、ましな人間になっているならよいのだけれど。

上方といって真っ先に思う食べ物の一つに生麩がある。全国にあるかも知れないが、生麩はやはり京を連想させる。私が関西でしみじみと好きになった食材の筆頭である。凝った会席などでよく供されるのは、どの食材にも柔軟に添えるだけでなく、あれこれと自由な調理の工夫を想像させる素直さがあるからかもしれない。生麩で作られた菓子も優しい味わいである。京都にはコースで生麩料理を出す専門店もある。

強く主張する味ではないのに、深く馥郁とした食感が「母の胸」を思わせる。わがままをいってすねてぶつかっても、ああでもないこうでもないといつのまにか柔らかく包み込んで、忘れさせてくれるような安心。だからこそ、ともすれば生意気盛りの娘や息子たちには邪険にされるかもしれない、母のようなありよう。優しい柔らかな素材。

食に対する情熱と洗練は、やはり余裕のなせる業であって、上方が長く朝廷を擁した都であった歴史が大きい。海産物や野菜はごてごてしく人の手を加えて加工したものより、食材そのものの自然の味に嬉しさを覚えるようになっているが、それでも一方、あれこれ繊細な人の手の知恵と工夫を経て現在に伝えられている伝統の味には、素直に敬意を表したい。

Ⅲ　もうひとつの地図

鳥に惹かれて

鳥が好きだ。

人生のわずかな時間をのぞいて、ほとんどの朝を、鳥のさえずりをききながら目覚めた。姿も見えぬ鳥。名も知らぬ鳥。それなのに甘やかな母の呼びかけよりも、温かな恋人のささやきよりも確かなありようで、鳥は忠実なしもべのように孤独の朝も晴れやかな朝も「さあ、生きて」と毎夜の死の床からの帰還を枕辺で促し、私が地球の西にいても東にいても、日本の国の北においても南においても、常にさまざまな声で共にあってくれた。

それなのに、これまで、こんなにも鳥に惹かれていたとは、自分でさえ知らなかった。鳥が好きなのに、こわくて触れることさえできなかった。羽、卵、くちばし、足。何もかもが、私たち人間とは違いすぎている、畏怖。しかし一方では、まるで手の届かぬ別世界の美しい人を憧憬するように、触れもせず夢見て、そして存在することだけを尊ぶように。バード・ウォッチングの上品な贅沢を思う。

今朝、はじめて長い間知りたかった鳥に出会った。こんな姿だったなんて。薬師寺の澄み切った中空を、春夏秋冬キリキリと舞い歌っていたのはあなただったのね。土色の羽に何のためか長い脚。にもかかわらず、一瞬の飛翔の見事な美しさ。鳳凰、不死鳥、双頭の鷲。おしどり、ぶんちょう、すずめ。人々は鳥を日常では愛おしみ、観念では畏敬もする。

女性たちのあこがれる高級宝飾店・ティファニーのシンボル・カラー、あの黄色みの混じったなんともいえぬ温かなブルーの色は、「鷲のフン」の色と聞いた。鳥の卵の殻は、昔、女性の化粧にも用いられた。西洋では羽は髪飾りに、羽毛は裸身を柔らかく包む寝具に。

「フンの色」をシンボル・カラーにしたティファニーのセンスに驚く。フンであろうとなかろうと、美しいものは美しいといいきれるだけの人がどれほどいるだろう。似合おうが似合うまいが斟酌もせず、皆の知っている『ブランド』であれば安心し身につける。何に安心するのであろう？「それを所有している自分」への安心は、結局は色眼鏡なしで美しいものを美しいと素直に認めきらぬ自信の無さの哀しさである。まだうら若い人たちがいっぱしの大人のように値の張るブランドに殺到するのをみると、大人の女から少女へ、あるいは男から青年へ、はたまた女から男へ、男から女へと伝えられてゆくべき成熟した美意識の欠如に、暗澹たる思いがする。美は発見し創り出すものであるのに。

昔、西洋の男性のように、愛する女性の手をとって愛しみ、口づけする人に愛されたことがある。私の手であって彼に愛される手。昨日までただの「手」であったものが、突然いとおしい愛の対象になる。爪垢などとんでもない、水仕事のあかぎれは誇らしい経歴になるだろうか。誰かに大切にされることによって、「手」でさえ自らを愛するようになる。愛する行為は排他的であっても、愛の蓄積は人を美しく深く優しく輝かせずにはおかない。

まだ少女だった頃、下ぶくれで恥ずかしげな表情の美女を絵で知っていた。後年奈良に嫁いで実際のその人に会えた時には、ああ、あなたであったかと、嬉しさと驚きで胸が熱くなった。正倉院・鳥毛立女屏風の中の女人。花鈿《かでん》や粧靨《しょうよう》のあとも鮮やかで、触れれば、今にも瑞々しく生気をはらんだ柔らかな頬の感覚がよみがえってきそうな女人たちは、わずかに残る痕跡から、ヤマドリの羽で装飾されていたことが明らかだという。樹下の女の美しさを、鳥の羽でこそ表装したいと独創的に願った人のセンスと情熱に、胸、打たれる。

（二〇〇五年）

民族の装い　女の装い

子供の頃、絵を描くことが何よりも好きだった。先生が配ってくれる真っ白な画用紙、説明を聞く間ももどかしく、頭の中には描きたいさまざまな色が形を成していった。身の周りの風物、感動した場面、絵葉書の中の風景。手当たり次第に描きつくして、しまいには家にあった「ねぶた絵」や日本画を写しだした。その最初の絵を今もはっきりと覚えている。上村松園の『序の舞』、『鼓の音』。独特の余白の取りかた、着物の清澄な橙色、鼓の紐の薄紫、澄み切った肌の清らかさ。あの幼さで、どうして松園の絵にあれほどまでに惹かれて描こうとしたのだろう、独特の日本の美に感応することができたのだろうと、なつかしく想いだす。いま奈良に住まい、松園が奈良に遺した松伯美術館で実際の絵に対面すると、記憶の中の色が確かであったことに我ながら驚く。そして女性の美しさの深さにも。

長いあいだ心にわだかまりがあって、日本の着物を着ることができなかった。重層的な日本の美の中でも、最も繊細で深い美の蓄積がそこにはある。本当の私の美意識は早くから着物の多様な美に触れて尊敬し憧れていたというのに、心のこだわりはあるがままに隣国の衣の美しさを称賛し腕を通す軽みを、私に許さなかった。

幼い頃は浴衣を着て下駄をはき、漫画『サザエさん』のワカメちゃんのように、スカートに足袋をはいていたことさえあるというのに、もの心がついて歴史を知るようになってからは、無邪気なおしゃれはできなくなった。服装に表れる民族性、階級性、宗教性、思想、哲学。

どの国の女もハレの日やケの日には、先祖伝来の民族衣装を身につけて、歓びや哀しみを刻んでゆくのに、その装いの自由がはばかれた時代が、つい一世代前まで私たちの周りにもあった。だから意地でも「着物」は着られない、と思っていた。

そんな不自由から私を解放し、一歩を踏み出させてくれたのは、尊敬してやまない一人の日本女性、随筆家の岡部伊都子さん。朝鮮民族を心から敬愛する岡部さんから贈られた「着物」は、他民族と対立する衣装ではなくて、敬愛し信頼する人から贈られた温かな心の形。岡部さんその人を優しく護り、美しく包み彩ってきた貴く愛しい布の形。かたくなな意地をほどいて、岡部さんの大切にされてこられた黒地の着物に身を包んだとき、腰と背をしゃんと支える帯の心地よさ、気をつけねばならぬ脚さばきのリズムに、「着物」という布のありように、何百年と身を包んで生きてきた日本女性の心意気を初めて共有し手をつないだような喜びがふつふつと沸いてきて、ぴょんぴょんと飛び跳ねたいような嬉しさを覚えた。

ある場所で私が「民族とふるさと」について話したところ、高名なN女史が気を配って、「どの民族衣装も、基本的にはその国の女にしか似合わないと思う」と言葉を継いでくださった。しかし、真実はそうであろうか？　女は、本当は美しいものならどんな衣装も身につけてみたい。アオザイ、チャイナ、サリー、パリ・コレ。西洋のドレスは、日本女性の憧れの婚礼衣装になってすでに久しい。

美に近づこうとする女の貪欲な心が、結果として軽々と民族を越え国境を超え、混沌と対立を乗り越えて共感を呼び融合させてゆく。敬愛する心が異国の衣をも身になじませてゆく。だからこそ私は、「女」を誇らずにいられない。

（二〇〇五年）

茶の心——一期一会

中学のとき、親友が茶を習っていた。何ヶ月も何年も。「茶せんで抹茶を点《た》てて呑むばかりのことになにをそれほど」と、その頃は茶の世界の深さが想像できなかった。

茶の世界を知らぬながらも、一個の茶碗に戦国時代の武将たちが一国一城をかけるほどの価値を見出したというのには、戦国時代に人の命というものが、切っ先のように危うい稜線を生きるごとき緊張を孕んでいたとすると、むしろ研ぎ澄まされたものとの関係には理解がおよぶような気がしたのではあったけれど。

今、茶の湯の世界を豪奢なグラヴィア雑誌などが紹介するのをみると、部屋のしつらえはもとより、ことに女の場合には着物や人付き合いにどれほどの煩雑や資金がかかるだろうと考えるだけで、日本では「道」という名がつき整えられて極められるほどに、一部富裕層のみの限られた世界になってゆくのが、残念にも思えてしかたがなかった。

生れ落ちたとたんから死に向かうまで、世知がらく追い立てられる人間だからこそ、世の無常に向かい合い、精神の静謐を得る一服の時空が尊ばれることはいうまでもない。人の世の本質を究めずにいられない精神の飛翔、一方で精神の静寂、真・善・美に近づきたいと願う「茶の心」が「道」となるにつれ、きっちりと整備された様式になり家元制度となり、結局は時間にも資金にも潤沢な余裕のある富裕層以外を排斥してしまうとすれば、千利休は何と思うだろう、などと、器の審美眼も持ち合わせず、正式な茶事さえ経験したことのない私がいえば、あまりに僭越にすぎるだろうか。

もとより交際の煩雑に弱く枠に囚われることを苦手とする体質であっては、家元制度というものの息苦しさに耐えうるはずもなく、とにかく現代日本においては「茶」の世界に近寄りようもなかったのである。

運命というものを考えるとすれば、西日本からみて「蝦夷地」と切り捨てられてきた東北の地で生を受け育った私がいま関西に暮らしているのは、もとより私の意思の働く前に天が定めた道であったような気がしてならない。老獪な私は、奈良にはいかにもいやいや来たようなそぶりであったが、奈良に暮らしているのは無意識ではあったにせよ私の「選択」であり、「選択」したからにはそこに深い必然があったのだと実は理解している。

「運命」といえば、人の出会いほど意識的・無意識的必然はないと、土地との出会い以上に思う。高校生のときに好意を寄せてくれて、おそらくは将来の結婚までを決心していた人は、そのとき私とはわずか二歳ちがいでしかなかったのに、今の十七、八歳とは思えぬような老成した視点を持った人であった。彼は人の出会いについて、「人は多くの人と顔を合せるという形では会っているけれども、多くの人とはすれ違っているだけで、その中で人として出会う人はわずかであり、その出会いは必然である」と手紙に書いてきた。正にクラス・メートが四十人いたとしても皆と親友になるわけではないのである。一期一会。

結婚して命を育み人生を営む地として西の地を選んだことは、どう考えても私の無意識の、しかし確固とした選択であった。たといそれからの時間が涙にまみれた苦しい時間だったとしても、それは私にとっての必然であったし、必然的修行のようなものだったと考えれば、むしろそれはどうにも未熟で不遜であった私の魂を鍛えなおすための場であったような気がしてならない。

それから以降の人生における運命的な出会いは、私があのまま東北に、もしくは東京にいたなら一つもなかった出会いである。何事によらず右脳が左脳を圧倒して行動を決してしまう私は、そのために忸怩たる思いを人の二倍はしたと思うが、そのお陰で人の二倍を感じる機会をえた。私は西に旅人としてではなく居を定め、子供を育てる場として選ぶことによって、もう一つの眼を確実に開かれた。それは旅人として一瞬の風を感じることとは違う。たとえ短い時間であったとしても根を張ってその地の水を吸い、朝夕、四季の空気と循環を感じ、何がしかの善きもの（養分）なしには為しえない営みであった。

奈良でもっとも好きなところは「西ノ京」である。東大寺を追われた鑑真和上がこの地の土を口に入れ、清浄なる善きところとして唐招提寺の場を定めたという故事を知ったのはずっと後のことであったが、「やはり、そうであったか」と安心するような安らぎがここにはある。薬師寺と唐招提寺の他にはなにもないところで、わずかな自然もむしろこの二つの古刹が世界遺産になったことでコンクリートの駐車場や住宅に日々変貌してしまった。にもかかわらず、都会でも農村でもないこの中途半端な田舎は、私には叶っている。千三百年前の時空を想像して安らぐのは、私の遺伝子の無意識のレヴェルに刻まれた朝鮮半島からの渡来の心、まさに今日の自らの境遇に呼応する魂のざわめきかも知れない。

駅頭などで、高僧と呼ばれる方たちによくお会いする。ふとときだけれど、私はまずその整った装束に目を奪われる。「規律」「秩序」というものを感じさせるきりりとした渋みと清潔。しかしよく眼をこらしてみれば、それは決して素（粗）ではなく、むしろ洗練された高級、豪奢といってよいものである。私の始祖の地は何によらず大雑把で大らか。香にしろ茶にしろ日本のように洗練された「道」にならず、実際の路にたとえても、ぐねぐねと埃の舞い上がるまま、あるがままである。始祖の地（韓半島）のあり方に歯噛みしていた頃は、日本の仏教建築や仏像、彫像、今日的運営などに眼を奪われて、何もかもが優れているように思え憧憬した。しかし、今は少し違った視点を獲得したかもしれない。

私が法頂先生という人の存在を知ったのは、『無所有』という法頂先生の著書ただ一冊を通してである。充分ではないけれども、しかしそのほかのあれこれを読んだとしても、それは『無所有』の法頂先生を確認するものであり、補強するだけのものであったろうと思う。僧侶・法頂は一巻の書物にさえ所有の欲を感じた折には深く恥じ、人に献じてしまう人である。その法頂先生が実は「茶」における感嘆すべき博識の人であると『無所有』の秀逸な訳者である金順姫氏が紹介している。法頂氏は柳宗悦の『茶道論』などは原著で読んでおり、金氏との会談中、「茶偈」についてなど宗悦の美学にまで話が及んだことに深い感動と印象をもったという。韓国では茶人も陶工もみな法頂先生の教えを仰ぐというが、法頂氏は「茶道具は自ら作り、作られた道具類は何の気取りもなく素朴で、単純で自然のままである」と金氏は書いている。かたわらの小枝を手折り、自ら小刀をもって削り茶匙を用意するという、究極の接客の典雅。周りのすべてのものをすべてそのままの姿で受け入れ、できるだけ手を加えようとしない姿勢。簡にして深。

たとえば韓国に今ものこる百済・開心寺に見る見事な自然美の造形なども、そのまま日本の茶人の心を捉え魅了してやまない、茶花や朝鮮茶碗の美の真髄につながるものである。

千利休が茶室に取り入れたいかにも小さな「にじり戸」は、そこを通る者の身分をいったん払拭し、まったき人と人として水平に向き合わせるための、計算された工夫であるといわれる。その意匠の工夫には、自由都市・堺の人として生を受け生きた利休の、しかし茶人として命を賭けたぎりぎりの闘いがあったと想像する。しかしまた一方には所有という欲望のために暴力の限りを尽くした秀吉、そしてその秀吉の黄金の茶室。

朝鮮出兵を強行する秀吉に死の淵まで追い詰められた千利休は、「茶の湯とて他にはなく、ただ湯をわかし茶を点てて飲むばかり」と語っている。私の祖国は所有を求めぬあまりに近代化に乗り遅れ、列強に蹂躙され侮蔑され、百年を経ていまだ分断されたままである。しかし私は「茶の湯」の世界にこそ洗練された緊張ではなく、未だどこかのんびりと間の抜けた人間の有りようをあちこちに色濃く残す、朝鮮半島の歴史と文化的伝統に通ずる気取りのない「もてなし」を想像するのである。

客人を早く帰したいがために言葉が綾なす京都の「ぶぶづけ」とは対極にあるような、一見の客でさえ、食事を供さずに帰すことを一生の恥と心得るような「もてなしの熱」、人と人との情である。

京都を洗練とみるか朝鮮を野暮とみるかという次元とは、また別の世界のことである。

ミーハーは、かくして不明を恥じる

関東から関西へ嫁いだので、年に幾度かの「里帰り」には信州の軽井沢や八ヶ岳を通るようにして、毎年ここで何日間かを過ごしていました。

二〇〇〇年の夏のことでした。軽井沢銀座の画廊や焼き物店などをブラブラ楽しんで、ある店からふと外に出ると、夫が私の背を押しました。見ると私の知人が眼の前にいるのです。「あら、こんなところで」と、とっさに名前は思い出せなかったのですが、とりあえず近づいていって「今日は！」と、にっこり挨拶をしました。そしてその瞬間にその人が誰であるかを思いだしました。誰あろう、その時はまだ首相になっていなかった小泉純一郎その人でした。もちろん知人（知っている人）にはちがいありません。というのも、こちらはＴＶや新聞でよく見ているのですから。私は自分にあきれて思わずその場で笑ってしまったのです。そのときは彼もバカンス中だったのでしょう、若者に流行の小さな流線型をした薄紫のサングラスをかけていて、向こうもこちらの間違いを合点したのか、にっこりと笑い返して頷いてくれたのです。そんなことがあって我が家は一遍に家族中が小泉ファンになりました。基本的に私共はミーハーなのです。夫はちょうど肩からカメラをぶら下げていたにもかかわらずシャッター・チャンスを逃して、後でどんなに家族中に責められたかしれません。もしあのときの写真があったなら……なんたって軽井沢での「首相とのファミリー写真」なのですから、家宝になっていたのに、と悔しがりました。

ところが今度は四ヵ月後。東京で正月を過ごしていた私たちは、ちょうどその日が息子の誕生日ということもあって、銀座に出掛けていました。百貨店で美しい雑貨を見たり、着もしないジャケットを脱いだり着たりひやかしていると、同じコーナーでそぞろ歩きつつ、人待ちなのでしょう、ブラブラしている小泉さんその人と、またまた遭遇してしまいました。広い東京で会おうと思ってもなかなか会えない人に、関西在住の私たちが短い期間に二度も会ったことに「何かのご縁だ」と興奮して、私たちはますます小泉ファンになり応援団になりました。（しかし、こういうとき東京の人は、皆小泉さんだと気づいているのに遠目にチラと見るだけで、誰も声は掛けません。大阪だったら、おばさんたちに囲まれておそらく大変！　今は私も半関西人化していますが、やはりこういうときの東京人の「スノッブ」は、狭い日本といっても関西とは別文化です）

その後、小泉さんが総選挙に出馬し、田中真紀子さんが「生みの母」ともいえる熱烈な応援を買ってでたこともあり、我が家にもしばし小泉フィーバーが吹き荒れました。日本の国民も魅力のない「おジィたち」が陰でコソコソ・もごもごやっているうちに決まってゆくような政治に、イヤケがさしていたのでしょう、ライオンのように颯爽と登場した純一郎氏は、確かに格好がよかったのです。日頃、尊敬して神のようにあがめているK先生の「あの人は信用できません」という深い洞察の言葉にも、私は「さしもの先生もやはり旧《ふる》い」と受け付けず、「いえ、先生、ハンセン氏病患者への温情ある対応を見ましたでしょう？　あんなことはだれにもできなかった。小泉さんだからこそ決断できたと思います」などとむきになって庇いました。

しかしその後の「改革」、「規制緩和」の美名のもとにもたらされた、勝ち組、負け組という格差社会の到来は、温情どころか人々の背筋を寒々とさせるものでした。日朝国交正常化どころか、拉致問題の複雑な成り行きが膠着した挙句にもたらされた北朝鮮バッシングと憎悪、世界の融和と隔絶したような展開はご存知の通りです。

小泉氏がかつて妊娠中の妻と離婚し、そのときのご子息とは面会も拒絶しているなどという情報や、首相就任に大恩のある田中真紀子氏を切って捨てた非情にも、一国の政治とはいえ驚きました。

「構造改革」の名のもとに社会構成上の弱者を切り捨て、誰もできなかった有事三法案の成立や自衛隊の海外派遣を推し進め、日本の平和憲法を文字通り骨抜きにしてしまう勢いです。小泉さんは人々をイライラさせた老獪な「ジイ様」たち以上に、ひどかったのです。

しかし私共のようなミーハー的小泉支持の小市民はなぜ生まれるのか？　それはテロには反対

しイスラームの殉教精神には眉をひそめながら、よく考えればクレイジーな肉弾テロ以外の何ものでもない「特攻隊」を、日本の大衆が美化し続けてきた心情につながります。阪神が優勝しそうになると巨人ファンをやめて「にわか虎軍団」になるような節操のない心理にも通じます。ようするに考えに一本の筋がない。強いものや輝かしいものの外見に「ええやん」と飲み込まれ、やすやすと取り込まれてのってしまう精神の未熟さ。

いまではさしもの我が家でも、だれも小泉さんとの写真のことはいわなくなりました。私も穴があったら入りたい……。使われることもなくお蔵入りになったときく土井社会党党首率いる社民党のCMコピーのごとく、「本当に怖いものは、最初は人気者の顔をしてやってくる」。そのとおり。理屈っぽく、人には素直に従えぬ悍馬のような私でさえミーハーに流れる。不明に恥じ入るばかりです。

（二〇〇三年）

結婚の意味

一

結婚の意味は、わたしにとっては誰にも後ろ指を指されぬ、堂々とした男女関係ということに尽きる。誰にもとがめられない性的関係。わたしの時代に、わたしの環境が、今のようにゆるくて自由な空気であったなら、わたしは決してあの時期に結婚をしなかっただろうと思う。

わたしの周りは……ことに厳格な家庭で……（そのような厳格は娘を高値で売るためにこそ必要なものであったのに）両親はもとより商売には向かず、はなっからそんな打算が無いにもかかわらず、儒教に縛られた田舎者の愚直さで、娘を堅っ苦しく育てていた。しかし、わたしの「貞操」はもはや限界にきていた。加えて妙齢の女に注がれる視線の暑苦しさにも耐えかねていた。商売ベタの両親に育てられた、ぼーっとした商売ベタの娘である。自分の値踏みさえできないでいる内に、わたしは最初にきた客にあっさりと買われてしまった。

さすがに人の良さでは人後に落ちぬうっかり者の両親もこのときばかりは慌てだし、「売らない」だの「売れない」だのと顔色を変えたけれど、もとより中身の薄い品を、さも上等そうに見せかけたり上げ底するのを嫌う親の倫理観の影響を、娘自身もまともに受けて育っているのである。ましてや自分の値段。少しでも高く買ってくれるところに売るというのは、手間隙かけて育てた子供なら当然のことでもあるのに、「金さえ見せられればいいってもんじゃあ……そんなさもしい根性は……」などと、親子ともども格好をつけてやせ我慢をしているうちに、もっとも商品価値のわからぬ一見の客に、両親は最後に取り置きの娘をもっていかれてしまったというわけであった。

どうしてもほしい垂涎のものを時間をかけて手に入れる幸せもあるが、行きがけの駄賃のようにその辺にあったものをあっさり持って帰っても、ありがたみもなければ価値もわからぬ。第一、何にどうやって使ったらよいのかがわからない。

夫の母という人は、都会の真ん中から、貧しい息子と結婚して地方の田舎に下ってきたあわて者のヨメに対して、涼しい顔でこうのたまった。

「こんな家に来るくらいだからよっぽど事情があったんだべ。それともオラの息子がそれほどよかったが」と。

そのとおりだったに、ちがいない。

当時、わたしはセカンド・ベストの選択どころか、ニッチもサッチもいかぬような空気の中にいた。後先考えず、身を投げ出さずにはいられぬような。

二十五年がすぎて、わたしの周囲のようすは大きく変わった。世の中の、焦って品物を売り買いするように、男女を娶わせる風潮も確かになくなってきている。しかし、今も世の中における「結婚」の意味はあまり変わっていない。保守的な男と女による契約……。むしろ、世の中のモノサシは何もかもが「ビジネス・ライク一本槍」が幅をきかせているような……。

わたしにとって「結婚」の捉え方は、劇的に変わった。私が産んで育てたむすめたちには、また違う意味で捉えられていることだろう。それでよい。個人によって時代によって、あらゆるものの意味づけは変わるのが当然である。

店先の売れ筋商品の流行も、日々移ろってゆくのである。ただ変わらぬのは、いつの時代も、財布の中身を忘れて上等の品に憧れ欲しがる人間の性《さが》、そして本当に自分にふさわしいか否かを見極めもせずに、見栄のために世間にとおるブランドの商標かどうかだけにこだわる軽薄さ。

結局は結婚も目を凝らしての真剣勝負の商品選びと、本質においては通底しているのである。

ロミオとジュリエットのような結びつきは、うつせみではまれにしかお目にかかれぬものだからこそ人々は熱中し、一方ではまた、あまねく人の本質が憧れ求めて止まぬ普遍的なエロスをはらんでいるからこそ、古今東西の支持を得て不朽の名作として受け継がれてきた。

朝鮮の女のみならず、男の価値観が支配してきた二十一世紀までの人々が、「商品か、エロスか、それが問題だ」と悩んできたとすれば、まだしもである。しかし多くの無為の人が、「思考する」という習慣と自覚さえなく、めあわせられ孕み死なせてきたとすれば……それはつい先ほどまでの母の世代の「普通」だったことを知っているだけに、自分の世代にも残る残滓に、恐ろしさのあまり哀しくうち震えるのである。

「Ｅｒｏｓ・エロス」さえ、金でいかようにもなると信じ込んでいる商売根性に一撃を加えられるのは、「Ｅｒｏｓ」の尊さを体感している、選ばれた稀人《まれびと》にしかできない所業であろう。それが、稀人と名づけられるほど少ないために、世に戦争が絶えないのである。

二

結婚している男性を好ましく思う。結婚しようとした意志が好きだ。苦悩の中でも結婚を維持しようと努力する姿勢を尊いと感じる。

世の中の移り変わりをみても歴史をひもといても、結婚の形態はさまざまである。ある時代のある様式に過ぎないように思われる。問題も、山のようである。にもかかわらず、人は結婚したがる。別に結婚ではなく、同棲でも、共同生活でも、ただの交際でもかまわないというのに。

「結婚」の意味をあれこれ考えていて、ある日ふと、思い当たることがあった。

子供。子供を育てるためにこそ、結婚という制度と形態は必要なのではないか。

小さな、およそ自分がこの世に生み出したとは思えぬような柔らかな命の厳かさに震えた日を、昨日のことのように思い出す。

小さな手、指。小さな足。温かな「命」。私の赤ちゃん。

この重みを、誰かと共有したい。まずこの命のもう一人の親、父親。私以上に赤ん坊を愛しむ人は、この人の他にいるだろうか。この人に、誰よりもこの小さな新しい命を愛し、慈しんでもらいたい。私を愛するように、私を護るように。母となった人が我が子を愛せるように、これまで以上に母なる人を、護り愛してほしい。

子供の安寧な日々のためにこそ、母となる人へ注がれる愛が必要なのだ。母の安逸を保証するために。結婚の意味はそこにある。

男は父となって、小さな命の重さと儚さとを実感し、美しく育む経験に参画してこそ、まったき人間になる。男という生き物にその体験が稀薄だからこそ、世に戦争が絶えないのである。

結婚を、性的なことでもなく、家庭を築くということでもなく、ただ野心の担保とする人間もある。その場合は、結婚そのものが、すでに「戦争」であり、家庭は「戦場」である。

庚申さま

日光猿軍団、エテ公、猿まね……、人に限りなく近いゆえか、猿は何とはなしに人々には滑稽に見られて軽んじられ、嗤《わら》われている印象があります。けれども、いまだに結婚ともなれば、見合いやそのための相性占い（クワッ）が盛んなお隣の朝鮮半島では、女性の申《さる》年生まれはたいそう人気があります。ときに虎年や馬、羊や酉《とり》年が敬遠されても、申年の女性は家庭をよく護り、家運を盛り上げるというので、どの干支との相性も良いと歓迎されています。

奈良町界隈の家々の軒下に、赤いまあるい綿入れの飾りが吊り下げられているのを見て、猿のお護りだと判る人は少ないでしょう。

起源は七〇〇年。疫病が蔓延したために、元興寺の護命僧正が神仏に祈ったところ、青面金剛が現れ、「汝《なんじ》、至誠に感じ一病を払う」とご利益をもたらしてくれたといいます。青面金剛の現れた一月七日が庚申の年、庚申の月、庚申の日であったので、奈良町では庚申の猿を護り神とするようになったといいます。甲、乙、丙、丁という十干と子、丑、寅、卯、辰……の十二支を組み合わせてゆくと、庚申の日は六十日に一回巡ってきます。それが庚申の「縁日」。年に六回。

世界中で最も有名な猿は、三蔵法師と旅をした孫悟空にちがいありません。中国・敦煌の石窟の祭壇にかける祭具の垂れ幕（唐代）には、猿の縫いぐるみがお護りとして縫い付けてあります。三蔵法師も旅のお護りにはこの猿の縫いぐるみを身につけていたと伝えられています。それが、後世、三蔵法師を守る「孫悟空の物語」になったのでしょう。これが、シルク・ロードを伝って奈良にも伝わり、庚申さんになったのかもしれません。

現代の日本にも、身代わりの猿に命を護られた人がいます。江戸時代から伝わる家業の蚊帳店を、現在は私設の奈良町資料館として開放し、庚申さんの普及に努めておられる館長の南治さんは、二十一歳の時に特攻隊として出撃しながら、アメリカ側に助けられ永らえた体験を、つい最近まで人に話すことができなかったといいます。

「当時は議会などない。生きて虜囚の辱めを受けるなかれ、という軍法会議の時代です。生きて還ったりなどしたら家族をつぶしてしまう。だから皆、自決したのです」

今も軍法会議が南さんの中には生きていて、生きて還ってきた自分自身が許せないといいます。瀕死の重傷を負った南さんが身につけていたご母堂から送られた千人針には、初め七体の身代わり猿が縫いつけられていましたが、命が助かった時にはその内の六体がなくなっていたといいます。あの六体が私の身代わりになってくれた、と南さんは言います。

生きて還られた南さんがその後に成し遂げられた仕事の大きさは命あっての物種です。お母様はどれほど喜ばれたことでしょう。六十年、戦争のない平和な日々が続いただけで、今の若者たちには國を護る男としての気概がなくなったと南さんは危惧します。しかし、平和をたっぷりと享受した私なら、誰の身代わりにもなりたくない、また、私の代わりに他の誰の命をも身代わりにしてはならないと思うのです。猿たちは南さんの身代わりになりましたが、兵士となる尊い男たちの命は、一体誰のための身代わりになるのでしょうか?

孫悟空が闘ったあまたの妖怪たちは、実は砂塵《さじん》や嵐などの激しい自然を妖怪と錯覚したものだったといわれています。奈良町の家々の軒下に吊り下げられた赤い庚申さんのお護りが、誰かの身代わりとして飛び散るのではなく、いつまでもいつまでも、のどかに奈良の空の下に揺れているよう、いたずらに、妖怪を作りださぬ冷静な智恵こそ、現代に生きる私たちは庚申さんたちと共有したいと願います。


（二〇〇六年）

男の子

存在するものを、存在していないように扱う――無化。存在していないものを、さも存在しているかのように思い込ませる――あらゆる脅し。（宗教的権威なども入るかもしれません）しかしいずれにせよ大切なことは、それらはいつも力を持った強者から弱者に対して行われるということ。

天から悲しみに耐え切れなくなったように、大粒の雨が降り続いています。高校生の息子が朝帰り。父母とも大甘で風呂を沸かしたり、温かな朝食を供したり。

周りの母たちは皆、口をそろえて「男の子がかわいい」といいます。へそ曲がりの母である私は、そうだろうか？と異を唱えます。そうであるようでもあり、違うようでもあり……明らかに娘に対する愛情と息子に向けるものは質は違うかもしれませんが、量や大きさとしてはちがうだろうか？と問えば、私はどちらも可愛い。

ただはっきりと息子に対して思うのは、命を護らねば、と思うことです。息子の命を誰かにむざむざ引き渡してはならない、と思うことです。

常に闘わされる運命になりがちな男の子に対して、私は不憫や不安を覚えるのです。本能的に。昨日は大雨の中、息子たちのラグビーの試合がありました。男らしく闘う姿に「かっこいい」とうっとりしたり、いそいそとまるで僕《しもべ》のように世話を焼く、一見美しい女、という構図が最終的にどのような政治に収斂されてゆくか、私たちの歴史はしっかりと体験したはずです。二度と繰り返さないどころか、二十一世紀には体を張って新しい男・女のあり方を作りだしてゆかねばならない。

あらゆる価値の最上級に「国」という概念をおくなんて、本当に馬鹿らしいことです。国のために命を奪われ、国のための死を栄誉とするなど、本当に馬鹿らしいことです。たとい二十世紀までの長い長い人類の歴史がそうであったとしても、二十一世紀こそ、新しい概念の幕開けにしたいと思います。権力者の価値観ではなく、日々を堅実に生きる弱者が、弱者の視点ではなく、水平の視点をもって。

バックボーン（文化）

　あるとき、韓国からきている若い人に、「貴女はお子さんを厳しいというより、むずかしくそだてましたね」といわれてハッと胸を衝かれた思いで感心したことがある。言い得て妙。突然の指摘ではあったけれど、独特の言い回しに魅力を感じて納得するところがあった。

　話は愚息が「何をするにも親の許可を仰ぎ、逸脱するところがない」と私が嘆いたことにはじまった。

　むずかしく……。確かに私には、何事によらず物事を斜めから横から上から下から、あるいは深くから多面的にとらえなければならない、という思い込みがあり、これは本来お人よしで人を信じやすいイノセントに対する無意識の防衛でもあったのだが、つまり、まずは物事を批判的に吟味して、ストレートには認めぬ屈折というものがあった。このことが子育てにも影響しないわけがなかった。あらゆることを手放しで単純にはよろこばぬのである。

「〇〇に勝った」といえば、「よかったね」の代わりに、

「負けた子の気持ちも思いやりなさい」

「□□で一等になった」といえば、

「あまり有頂天になってうぬぼれてはいけませんよ」。


そのお陰で子は屈折し、喜びを素直にストレートにあらわさない。親はどう反応するかと、子供の頃からあれこれ思い煩う習性が身についてしまったのだろう。さぞかし、うっとうしい親だったにちがいないと、心から申し訳なく思う。私はただ素直に「よかったね。おめでとう。母もうれしい」とシンプルに同調するだけでよかったのだと思う。

「厳しい」というより「むずかしく育てた」と指摘してくれたのは、レストランで働くまだ独身の青年であった。

所詮、うそ――ガンジーとサルラディ

『クーリエ・ジャポン』というおもしろい雑誌が講談社から出ている。その二〇〇七年三月号に興味深い記事があった。非暴力の人、インド独立の父としてあまりにも有名なマハトマ・ガンジーの孫の近著によって、これまで語られてこなかったガンジーの秘められた恋が明らかにされたというものである。

記事には「マハトマ・ガンジーは自分のことを率直に語る人柄だった。そのため、彼の人生については、知られていないことなど何一つないといった感があった」しかし、ただ一つ、ベンガルの人、サルラディとの秘められた情熱的な愛を除いて、とある。

このあまりにも有名な人の恋がこれまでまったく語られてこなかったのは、強迫的ともいえる告白癖をもっていたとされるガンジーでさえ、この「誰をどのように、何故、愛したか」という重要な命題に関してはほとんど語らず、自伝にも残さなかったかららしい。サルラディもまた自伝を残したが、ガンジーのことは記述していない。ちなみに私はこの記事によって、ガンジーの妻カストゥルバが「本を読めない」あるいは「本を読まない」人であったことを始めて知った。

二人が出会ったとき、ガンジーは五十歳、サルラディは四十七歳。彼女はラホールの名士、ラムバジダット・チョウドリの妻であったが、夫は投獄中。自らも若いころから独立運動に参加し、「ベンガルのジャンヌ・ダルク」「ヒンドゥーの女神、ドゥルガーの生まれ変わり」と称されるほどの才智、文筆と音楽に秀でた美貌の人であったという。詩聖タゴールの姪でもあった。

さまざまな紆余曲折のあと二人は別れることになるが、そのことについて一九三五年、ガンジーはマーガレット・サンガーに、本当に教養ある女性と危うく過ちをおかしそうになったが、恍惚の状態から目覚めることができた、と語ったという。さらにそれから十二年後、三男にあてて書かれた手紙の中でガンジーは、「父さんは母さんに自分と同じ自由を与えていなかった。だが、徐々に母さんへの態度を改めた。その結果、母さんは以前ほど父さんを恐れることはなくなったと思う」と書いている。

妻は、絶対非暴力の人ガンジーを家庭の中ではいかなる形であれ恐れ、二人の関係は伸びやかな、とにもかくにも全たき平等な男女関係、という訳ではなかったのである。なにより重要なことはそれを早くからガンジー自身が自覚しており、さらにその夫婦の力関係が緩和されるのには、ガンジーの晩年まで待たねばならなかったということである。

一人の男が、どのように女を愛するか。どのような女を愛し、生涯のパートナーとしたかは、自伝には必要ないものであろうか？　恋愛のありようには人間性のほとんどすべてがあらわれるのではないか？　ガンジーが自伝から自らの愛のありようを削除したのは、このきわめて根源的で個人的な問題が、既成の秩序の中ではきわめて「政治的問題」そのものであることを熟知していたからに他ならない。未熟な人間が作っている未熟な社会では、常にこのきわめて個人的な問題が「政治化」され、利用される。政略婚しかり、要職にある人間のスキャンダル然り。

ガンジーとの別れのあと深く傷ついたサルラディは、以後、非暴力運動は宗教対立を煽っていると厳しくガンジーを批判したという。これを、男に捨てられた女の腹いせと断するのは下賤に過ぎる。なぜならばサルラディは、自伝に訴えることも可能だったのである。ガンジーという男が決断した、美しい運動をなすためには「愛する」という美しい感情を封印してしまうという選択。大事の前には小事を抹殺するということ。（労働運動の前には、女がレイプされて殺されるという大事を小事とした谷川雁に、森崎和江氏が失望して立ち去ったことが思い出される）

サルラディのガンジー批判にふれた箇所は、ただ週刊誌を読むように流せば、巷にあふれかえる痴話、男に捨てられた女の醜い悪あがきのような印象を与えてしまうかもしれない。しかし、果たして実際はどのようなものであったのだろう。

ガンジーは一九二〇年に彼女に送った手紙の中で「あなたに対する愛を自分なりに分析していき、精神的結婚とはいかなるものなのかを把握したのです。これは一組の男女が、肉体的な関係を完全に排除してパートナーとなることです。（略）純潔な二人が、思想、言葉、行動において一体になるときしか実現しないのです」と書いている。

サルラディは二人の恋の顚末におけるガンジーの態度から、瞬時にして「見るべきほどのもの」を見てしまったのだと思う。

ガンジーがサルラディとの別れを決意したのは、息子デヴァダスの懇願によるものだという。政治的志向性、知性、芸術性、外観の好み、そのどれをとってもガンジーにとってサルラディは惹かれずにはいられない魅力的な人であった。

暴力は今、私たちのまわりでも鋭敏に意識されるようになり、家庭内での夫から妻への言葉の暴力やこれまではしつけとされてきた子供への仕置きも、人の命を奪う犯罪とみなされる。ましてや生々しく肉体に加えられる暴力は、痛みという感覚に刻まれ死の恐怖へと結びついて、どれほど恐ろしいものだろう。ガンジーはそれに対して徹底的に無抵抗、非暴力を訴えた人なのである。「鈍感」ではなく肉体の感覚に「鋭敏」でなければ、出てこない発想ではないか？　わずかな風のそよぎやかすかな光の陰影、やわらかな人の愛撫や息遣い、みつめあう視線の鋭さ、温かさ、会話のぬくもり、精神の深み、愛おしさと分かちがたくある器としての肉体への統合。その真実の前に、肉体と精神を分けて語る嘘。

この世の中で暴力の対極にあるものが「愛」であると、才智の女であるからこそ感得していたサルラディにとって、もっともらしく理由をつけながら、結局は既存の社会が支配する「家」に、人間本質の「愛」を捨てて回帰しようとするガンジーは、所詮「似非愛の人」と認識されても仕方がなかったのではないか？

二〇〇七年の『クーリエ・ジャポン』を読みながら、今私は三人の人を思い起こしている。一人は自伝的回想『羊の歌』で、自らは人をいかに愛したかを書いて、私に鮮烈な印象を残した日本の知性、加藤周一氏。また一人は「体は心、心は体」を説いて、自らの体と心の歴史を赤裸々に語る田中美津氏。そして、軽やかに父親である谷川俊太郎の男女愛を評する、成熟した息子としての谷川研氏。それから私の前で、延々と切々と愛のあり方について語る多くの愛しい女性たち。

ウーマンズ・レヴォリューションとは、子宮でものを考えることに他ならないと思っている。

子宮が本来の役目を円満にはたすためには、その前段階として円満な「愛」が必要である。メディアには朝から晩まで、ノベルズから週刊誌、ワイドショー、ドラマにいたるまで、男と女の話が溢れかえっている。人々がこれほどまで赤裸々に「愛」を欲しているというのに、それが本来的に美しい「愛」としてまじめにとりあげられてきたならば……という醒めた想いをどうすることもできない。「愛」はこれまでいつも子宮に近い女、子供のためのものとされ、そして男が支配してきた既存の社会においては二の次、三の次の戦略的、政治的ツールであったのだ。あの、ガンジーにおいてさえ！

ひと悶着——サイクリング・ロードで思ったこと２

うららかな春の一日。気に入りの、拙宅のほとりを流れる秋篠川ぞいのサイクリング・ロードを、この上もなく穏やかかな幸せな気分で走っていたときのことである。

小学六年と四年くらいに見える自転車に乗った二人の少年が向うから二列でやってきた。何事もないすれちがいざまに、大きな方の少年が思いがけなく体に似合わぬ、すでに声変わりした声で「邪・魔！」と憎々しげにいうのである。可愛らしくさえ見えたその外見に似合わず、声音と抑揚がいかにもひねくれた汚れた感じで、こちらは思わず毒をかけられたような不快にさらされた。

よく新聞の投稿欄などに、朝に、遭遇したちょっとした温かな出来事で、一日中を良い心持で送ったというようなエピソードの載っていることがあるが、そのまったくの逆バージョンである。

世にいう大人気のある人たちは、どうするのか知らない。

しかし私はそのとき反射的に、「そっちこそ！」と思わず声をあげた。その少年は、すれ違いざまの大人の女に、あれほど物馴れた声音で雑言を吐ける子供である。ハナっから大人の中年の女など、逆襲するはずもない弱者と見限っていたにちがいない。投げた石が自らに帰ってきた意外さと怒りで、少年は振り向きざまに一層大声で「くそババァ」などと悪態をついているのである。

二人組で引き戻って来たなら来たで相手になろうと思ったが、一体このような礼儀しらずのしつけのなっていない子供は、どのような家庭で養育されているものかと、こちらの方が家までついていって親御さんの顔など見てみたい気にかられた。いずれにせよ、子どもとの暮らしの折々に、人間として身につけるべき振舞い方を示すことなく放置したにちがいない。

「くそババァ」に私はためらうことなく「そっちこそおかしいでしょう！　二列で！」と応酬することにした。

しかし、こんな大声を腹の底から出したのは、何年ぶりだろう。

言葉による暴力。暴力的な言葉。相手が大人の男だったら同じようにできただろうか。

おそらくしただろうとも思い、しかしまた一方で恐ろしいこととも思い、あれこれ考えはめぐったけれども、意外なことに後悔の念は少しもわかず、思いがけない瞬時のできごとに私は興奮して高揚しながら、むしろどこかしらスッキリとした爽やかな感覚を覚えたのであった。その爽やかさは、正しいことを為しただろうという達成感というよりは、野生にかえって、全身でことを成し遂げたという、えもいわれぬ感覚だったのだと思う。一皮向けば危険な……相手はどうあれこちら側にはモヤモヤを残さなかったというような。想像するだけであるが、おそらくは男たちが長きにわたって占有してきたような肉体の感覚。女であれば体育会系の人なら体感できるだろう感覚。

あんな子を相手に大人気がなかっただろうか、と自問しながらも「そうではない」と自分自身を励ますことにした。むしろ次世代の子供と誠実に向き合おうとせず、大人でありながら保身にはしるような勇気のなさが、子供を助長させ腐らせているのにちがいないのである。

子供との小さな事件に胸をどきどきさせながら、ふと若い頃に面識のあるM氏を思い出した。在日朝鮮人のM氏は一代で財を成し、二つに分裂した祖国のために貢献した立志伝中の人である。在日コリアンには一般に日本社会で考えられている以上に成功者が多く、歴史的背景もあって、その財を私利私欲ではなく公共のために使う人も数多い。先祖伝来の土地に住みながら暮らす境遇と違って、在日コリアンの場合は始祖の地のことごとくを取り上げられ、政治的にも環境的にも厳しい他国で異邦人として暮らしてきたのである。

そういうわけで私には一般的な意味で成功した人々に対する興味以上に、在日コリアンでありながら日本人も考え及ばぬほどの生活を営んでいる人々はどのような人々であろうかという興味があった。若かった私はある日、その疑問をM氏をよく知るY氏に投げかけた。冗談か本当かY氏は、

「あのね、戦後日本が焦土になってすごく混乱したときにね、Mさんは持ち主が亡くなったりあいまいになったりした土地にロープを張って、ここは『俺の土地』だ！ってやったんですよ」と、笑いながら答えてくれた。

この逸話はその後、長く私の心に残った。

いつの世のどこにおいても決して弱者になどならず、勝つ人たちに共通の「構え」。

諸外国は知らぬけれども、アジアの果てにありながら海を隔てたアメリカの影が大きく、しかしその実、その本質を抜いて加工したものを継承する傾向の日本では、「グローバリズム」というものも、こと経済状況に重きをなした日本独特の捉えられ方をしているように思う。その結果、世界でも有数の、くっきりとした四季を備え、ゆったりとした自然の時間の流れと情緒によって営まれてきた日本の暮らしは、本来異質の欧米流に席巻されて、何よりも人々の命の時間がすっかりずたずたにされ疲弊してしまった。絶えず他者に遅れをとらぬようにと生き馬の目を抜くような競争の毎日を送る羽目になり、勝ち組、負け組という概念が流通し、少しでも力を抜こうものなら、負け組として落伍者の烙印を押されかねない、緊張の高い社会である。

スロー・ライフ。子供の頃から自然に親しむ、というよりは自然の一部として生きてきた私には、誰に教えられるともなく、というより身体に染み付き刻まれた時間にそって生きてゆくのが、最も幸せな時間の過ごし方である。

たとえば、芸術家ガレの作品はすばらしい。しかし、彼のどんな豪華なシャンデリアも、冬の夜の、あるいは解放された真夏の空の満天の星の美しさには叶わない。まどろむばかりで眠れぬ夜、かすかに聞こえ始めた小鳥たちのさえずりに誘われ、一足先に足を踏み入れたいつもの水辺の空に突然広がる雄大な暁のパノラマ。息を呑んでいる間にも、刻々と得もいわれぬ美しさで色と光のシンフォニーを奏で、蒼から朱に広大な空を染め上げてゆく瞬間の夏のあけぼのの雄大さ。

しかし勝ち組になるためには、こんなことにいちいち感応したり、うっとりと恍惚にひたっている暇はない。意味もない。勝ち組になって大邸宅を建て、ガレを買って居間に置き、肩書きと車と退廃的なパーティーとそのためのドレスと伴侶と……その他もろもろを手に入れて、とにもかくにも勝ち組でいるためには、ありとあらゆる自然なものには目をつむり、加工された光、加工された時間、加工された感覚の中で息をしてゆくしかない。手づくりの二時間をかけた家族との食事など、している暇はない。ガレの作品は誰彼には買えなくとも、満天の星や朝焼けだけは誰にも平等にあたえられている贅沢であるというのに！

どうやら周囲を席巻する浅薄なグローバリズムの空気のもとで、「幸せである」という感覚は、そっと目を閉じ耳を澄まして身心の深いところから感じ取る感覚ではなくて、他に圧倒しひれ伏させ「勝った！」と優越するエクスタシーに、すっかりとって替わられてしまったようである。

墨染めの衣

芥川龍之介の『トロッコ』という作品の中に、迷子になった少年が薄暮の中を半泣きになりながら、切迫して家路をたどる場面が出てくる。「薄暮」という言葉は、普段の日本語の中ではめったに使わぬけれど、何と日本的な情緒にあふれた言葉だろうと、深く印象に残った。だんだんと日暮れて色を失い、昼とは様相を異にしてゆく周辺の景色。焦れば焦るほど遠のいてゆくような家路に、今にも爆発しそうな子どもの不安、恐れ。それを描写するのに芥川が使った「薄暮」は、そのとき私の頭の中ではくっきりと薄墨色として刻まれている。

墨はいうまでもなく毛筆のもの。紀元前の紙の発明によって、墨は見事に開花する。この中国の偉大な発見は、朝鮮（高麗）の僧、曇徴によって推古朝に大和（日本）に伝えられた。東アジアで共通に用いられながらも、その後、日本ではより洗練され独特の発展を見たと思う。

先日韓国を旅し、韓紙を求めて入った仁寺洞の専門店に、馴染みの奈良の墨が売られているのを見ておかしくも楽しくも思った。淡墨桜、墨染め、墨衣……大体にして桜と墨色を重ねる感性こそ、繊細に移ろいゆく四季の中で、えも言われぬ色彩の変化を見せてゆく日本の風土あってこそのものと思う。植民地だった葛藤やあれやこれやを差し引いても、国境と民族を越えて良いものは良いとし、良質のものを求める文人たちのつながり。

筆の世界の人の共通の想いこそ平和の礎である。

衣を墨に染める発想は、日本独特のものであろうか。

今日、墨は桐、菜種、胡麻などの植物油を燃焼させ、すすを膠《にかわ》で固めてつくる。その中でも代表的なものは松を燃やして採る松煙墨で、青みを帯びたものほど珍重される。

奈良には寺社仏閣が六百以上もある。神官の衣が白やブルーなどの淡いパステル・カラーであるのに対して、寺には宗派によってさまざまな色があるというが、僧侶たちは大体が墨染めの衣である。墨染めの衣は橡《つるばみ》や五倍子《ふし》、びんろう樹など、茶系統の染料を鉄分で発色させるが、日本では僧侶の衣が、どういうわけでいつから黒になったのか、寺の関係者でさえわからないという。

京都の「鼻塚」（豊臣秀吉の朝鮮侵略で戦果を報告するために塩漬けにして持ち帰られた犠牲者の鼻）供養に参加すると、朝鮮の僧侶たちの法衣は灰色であった。ビルマの僧たちも法衣は黄土色のようなサフラン色である。

国際日本文化研究センターの松村薫子さんによると、行事の時などにかける「袈裟」は、解脱を目指す仏教修行者が衣服に対して奢りの心を起こさないために考案されたもので、壊色《えじき》といわれるくすんだ汚い色に染め、三枚保有するなど『四分律』などの経典に細かく定められているという。袈裟にはさまざまな種類があるが、本来は「糞掃衣」、つまりは糞尿の染み付いた裂《きれ》や月経で汚れた衣、墓場の死者のつけていた衣などを拾い集め、洗い清めて作るものという。普通の人なら身につけるのもはばかられるほどに、つまりは世俗の執着を断ち切るという意味があるらしい。世俗の栄華と決別するための汚物のイメージの色、忌み嫌われるもののありようがそれぞれの風土によって、さらに時代を経て、微妙に違ってくるのは当然のことであろう。法衣の渋い色は、世のさまざまな色を混ぜてできた包括的な色という説もある。

今、お坊さんたちの衣の製作はほとんどが外注である。絽《ろ》や紗《しゃ》、絹は多くが手軽な化学繊維に取って代わられた。洗濯はクリーニング屋に出す。

「情緒のないことで……」

と、若いお坊様はさわやかに恐縮しておられた。

（二〇〇六年）

光背――そして、後ろ姿

昔、といっても三十年ほど前。

当時、人気を博して華やかに活躍していたある女性歌手にインタビューしたときのこと。私生活や仕事のこと、趣味や抱負などをあれこれ話していただき、別れの挨拶を交わして立ち去るスターの後ろ姿を見送った折に、その後ろ姿のあまりに寂しいのに驚いたことがあった。しばらくして、彼女の結婚生活の破綻と、離婚が大きく報じられ、「ああ、そうであったか」と申し訳なさに胸が痛んだ思い出がある。ものいう正面の表情に対して、ものいわぬ後ろ姿にそれ以上の想いが顕れてしまう。スターゆえに、最後まで夫との家庭生活の幸せを装わざるを得なかったのであろうその人の切なさと、隠しようもなく哀しみがあふれてしまった背中のことが、後々まで印象に残った。芸能界にあっても虚飾に溺れきれぬ、誠実なお人柄であったのだと思う。

普通、仏様たちは寺によって大切に厳しく守られている。私たちは正面から仰ぎ見て拝み、そのことに不満もなければ、多くはそれ以上の関心もない。

京に住まう随筆家の岡部伊都子さんは若いころから第一線のライターとして、ことに寺と御仏の魅力を独自の視点と筆致で伝えてきた。その岡部さんの随筆の中で奈良は桜井・聖林寺の十一面観音をつづった随筆がことさら強く胸に残っている。

それは、当時の私が聖林寺の近くに住み、縁あって十一面観音をいくどか拝していたにもかかわらず、岡部さんのような視点をまったくもたず、爪の垢ほどにも十一面観音の深遠な魅力に思いいたらなかったからである。すぐれた書き手による意識の覚醒は、衝撃的ですらあった。岡部さんは十一面観音に寄せる愛情を、こう綴っていた。

「私は一日中でもこの背中ばかりをみていたい。(中略)胸元の天衣も美しいが、背の天衣の結びもなんともいえない。あたたかな孤独。

人を馴れさせぬ、しかも人にすがる思いを抱かせるふしぎな背中だ。光背がないのだから、背中はむきだしの寂しさをもみせる。(中略)実在のよさがあらわし切れない限界を、こんなにまざまざ感じさせる被写体はない。」

中国は山東省から発掘された魏や斉時代の原初的な石仏に対面する機会があった。「可愛らしい!」とおもわず声を漏らしたくなるような微笑ましいお顔の数々。みな申し合わせたように背中に光背を背負い、左右の行者ともども旅をしているような印象で「これが人の安心の原型かもしれぬ」と、インドを目指した玄奘三蔵法師のはるかな道行なども想った。発掘された光背の裏には、実は「父がどうの、子の息災がこうの」などという実に私的で素朴な願いがつづられていると教えられて、それにも深く納得した。

今、お膝元の中国では恐ろしいほどの格差社会が出現し、これに乗り遅れた地方の農村の人々は食事に事欠くほど働いても、わが子の破れた靴や不慮の事故の治療費さえ工面できぬ悲嘆の中にいるという。一方、中国共産党のエリートを父にもっていたある青年は、誰よりも早く手に入る確実で豊富な情報と親の人脈を駆使してすでに巨万の富を手に入れ、幼子には英語教育までほどこしている。後ろ盾のある者とない者。仏教の世界でさえ、絢爛なる光背を配して実態を一層りっぱに見せるのである。いわんや人間を、や。

四月のある日。十九度目の来日というジュリエット・グレコのシャンソンに浴した。黒のドレス、一台のピアノと一台のアコーディオンの他には何もない暗い舞台空間。一時間四十分を、ただ一度の休憩もなしに圧倒的に歌いきって立ち去るグレコの小さな小さな背中。

しかしそこにはフランスというより現代ヨーロッパの激動を背負って生きた一人の女の、命がけの八十年が刻まれた光背があって、私は深々と染み入るその存在感の余韻に、しばらく席を立つことができなかった。

（二〇〇七年）

Ⅳ

蟷螂《とうろう》の斧

魂の選択

ハワイという島々は今ではすっかりアメリカになっているが、元来アメリカでなかったことは周知の事実である。小錦も曙もＴＶで観る彼らの家族も生粋のポリネシアンで、西洋人とは似ても似つかない。彼らのようなポリネシアンは、十九世紀に西洋の列強が押し寄せたためにそれがもたらした病疫や戦いによって、二十五万からたちまちのうちに四万人に減ってしまったという。今ではポリネシアンに、アメリカ系、朝鮮系、日本系、中国系などさまざまな人種の住む島である。が、人々は皆、それぞれのルーツに愛着を持ちながらも、ハワイを愛し、〝アメリカ人〟を自認している。彼らは勤勉さでハワイという地にしっかりとした地歩を築き、さまざまな分野に進出している。

その中に、高級ブティックを経営するＡさんがいる。彼女はエキゾチックな顔立ちで、一見混血のようにも見えるが、純然たる朝鮮系一世である。四歳の時にハワイにきて、今は中国人の夫との間に、六人の子どもがいる。

「一番上の子は、日系人と結婚したの。二番目の子はポリネシアンとのミキシング（混血）。三番目はアメリカ人と。ハワイは人種が多いから、皆ミキシングよ。私はね、嫁の中では三番目のアメリカ人のミョヌリ（嫁）が一番気に入ってるの。もう可愛くて、可愛くて。礼儀正しくて、親を大切にしてくれるし。彼女は、上流のとてもいい家庭で育っているんだけど、あなたネ、よい娘というのは、国に関係なく、どこでも同じよ。きちんとした家庭で、躾《しつけ》られた子は、やはり心がきちんとしているのよ。エ？ あなたの家族は全員、朝鮮人同士で結婚しているの？ やっぱり、本当はそれが一番いいのよ。それがいいのよ」

と、彼女はこれだけのことを、一気に慶尚道なまりの残る朝鮮語で言ってのけた。

一時は話せなくなっていた母国語を、ハワイの朝鮮人社会では必須と、必死で覚えなおしたという彼女の生き方と心の中は、彼女の言質の中からしか読みとれない。在日一世の外見が否応なしに〝日本人〟に近づいていくのと同じように、彼女のモダンな外見は明らかに西洋人のものである。けれど時空を越えて、私の胸に熱く届いてくるものがある。

――私はアメリカに住んで、子どもたちはミキシングだけど、私は朝鮮人よ――年齢や、住む場所や生活や政治やイデオロギーとは無縁の、はかな気に見えるけれど根強くもある、自らのルーツというものに対する本能的な想い、である。

このごろ、将来、というより、自分の行く末、そして子ども（やそれに連なるであろう孫）たちの世代の将来のことをあれこれ思い描くことが多い。周りで一世が次々と亡くなり、墓の問題や家督の問題、子どもの結婚など、どこの家庭も皆、一様にガタガタと摩擦を起こしているように見えるからである。

老人、というのは、どこでも大抵、偏狭でわからずやになりがちで、おまけにひがみっぽい皮肉で若い者を哀しませることが多いが、朝鮮人の老人はエネルギッシュな食生活のせいか、儒教をタテにとった旧い封建性のせいか、一般的に激しく、妥協せぬ人が多い。さらに一世は朝鮮という祖国で生まれながら、日本という異国で、しかも植民地の収奪と戦争の辛酸をなめつくして、なおも日本で果ててゆく〝歴史的〟な存在である。彼らの〝我の強さ〟には、それなりの訳があると思うだけに、若い人たちは、一層その扱いに苦慮することが多い。どこの国においても、燃える様な敵愾心とフロンティア精神で生きる一世より、異国で生まれ育ち、教育を受け、親の期待と異郷の現実の間で選択を迫られる二世の方が、精神的にはずっと複雑でにがいものにならざるを得ない。

「言語、価値観、生活スタイルなど多くの点で、かれら（移民や外国人）は受け入れ社会の支配的な文化とは異質であるから、それによって負の選別をこうむり、低階層の再生産を余儀なくされる」（『文化の社会学』宮島喬編）のは、現実である。

日本という超排他的な国で、どう生きるべきか。守ってゆくべきものと、その度、選択してゆくべきもの。明日、自分を変えてゆくことは、昨日と同じように今日も生き、明日も同じであるよりは、ずっと勇気のいる難しいことである。どこにいても「あるがままにいたい」というのが、私のコンセプトである。「祖国と民族」と「ささやかな日常の生活」は、バランスよく矛盾なくあるからこそ大切であって、私にとって、そのどちらか一方を捨て去ることは、魂の自殺行為でさえある。

私たちの選択は、本当に難しい。しかしだからこそ私は、「あるがままにいたい」という人間の根源的な願いに立ちかえって、ある時は引き、またある時は押すという、柔軟さと確固たる姿勢の両方を、自分のものにしておきたいと思うのである。

（一九九五年）

女——身体

イギリスの生物学者リンダ・バーグがいう。

「最近の社会学やフェミニズムの理論は、身体上への文化的書き込みの過程、および身体についての文化的表象に関しては非常に重要な主張をおこなっているが、この新しい理論に登場する身体は脱身体化されている。（略）私が関心をもつのは、固定性と拘束性という考え方を止め、ダイナミックなプロセスの余地を持つものとして生物学的身体を理解していくことである。それはなるもの、変化する状態としての身体の理解である」

子供を産んだばかりで、薄かった胸がホルスタインもかくやと思うほど豊満になり、子供にあてる襁褓ほど厚く布を当てても、滴り溢れる母乳で衣服が濡れ、正式な場には出られないような時期があった。そんな若い嫁に対して、なにをあれほど夫の母は狂おしい感情をぶつけたのであろう。四時間もゆうにかかる買出しを命じてきかないのである。実の母にはできても姑に反抗するなど思いもよらない、若く青い時期。泣く泣く買い物をしていると、にわかにキュウと胸が張りぼとぼとと行き場を失って零れ落ちる母乳で胸は岩盤のようにカンカンに張り、遠く離れていてもわが子が授乳の時間になって眼を覚まし、私を求めているのがわかって切なかった。

母を求める子供のサイクルと、子のために母の体が寄り添うサイクルは宇宙の神秘的な理にも似て、わが子が愛おしかった。子を愛しむ気持ちが「本能」であるかないかは、学問には重要であっても私には重要ではなかった。

母を求める赤ん坊と、子を求める母の双方に、それが保証されることが最も重要なのだ。ことに自らの意志で生を受けたわけでもなく、母乳がなければ生を全うすることが困難な子の側において。

女の身体を「ジェンダー化」するという。だれが？　どのように？　何のために？　しかしそのことがいかに鮮やかに分析されようと、ただ一点明らかで確かなことは、そこに子供の参与の形跡が認められないということだろう。子供の視点で見るならば、母は母親の機能と情緒をもった存在であって、それ以外の何者でもない。赤ん坊は論文をものしないために、右からも左からも、赤ん坊の視点を欠落させてアカデミズムの俎上にのせられた女体論ばかりが出てくる。赤ん坊の代弁は誰が務めるか。赤ん坊と交信する母の女体である。交信の歓びと切なさ。その実感を身体を通して経験している「母」たちの声を、生まなかった女体に代弁することはできない。これは母にならなかった人への差別でも排除でもない。産んだ人とて一様ではない。保守層が扇動するような、産む行為に対する優越ですらない。まったき「当事者主義」である。

四人目の妊娠を中絶で終わらせた後、夫とは四、五年の間まったく性的行為を持つことができなかった。命を考えおそろしくそのことに近づくだけで全身が抗い、哀しみが甦って涙が滂沱のようであった。もんどりを打つ苦しみ。押しては寄せ、寄せては返す波のように、哀しみが繰り返し押し寄せてきた。性行為は命の灯を絶やした記憶に結びついて私に快楽を許さない。呵責は自らの精神がおこなったのだろうか？　母にならんと備えていた身体がなしたのだろうか？　判らない。ただ、このことに付随する他者による分析と評論の一切を、私は拒む。ましてや男性の。ましてや経験のない女性の。この体験は「私」のものであって、どのような学術も権威も「当事者」である私には及ばない。

中絶は経済からであった。生活手段のないまま病臥して長男に依存する両親と、三人の子をなした自らの家庭を一身に支えていた夫は、現実的選択として旧い世代のために、私たちの新しい命を犠牲にすることを決断した。決定したのは夫であるけれども、自らの体の中にすでに実存する命を腹に収めたまま「絶つ」ことに直面しなければならなかったのは私であって、その命を絶つ思いに目がくらみそうであった。

まだ五十代でありながら自立するという意思を早々と放棄し若い世代の息子夫婦に依存して当然とする夫の両親を、私は恨んだ。植民地下の異国で財をなすことは難しかったにせよ、知力と勤勉を尽くす代わりに怠惰に流れ、幼い頃から総領息子である夫をなやませた義父母を。

妻の出産に右往左往するは男の沽券に拘わるとばかり、ただ一度も子の出産に立ち会っていない夫は、私の身体につながったもう一人の自らの関与する命を絶つ日にも、当然のごとく日常を過ごしていた。そのように夫を育てた夫の母を、私は恨んだ。そのように若い私たちを追いやりながら、一人ですべてを引き受け乗り越え、茫然自失のていで水仕事の最中痛苦の涙を流した私に、姑は「それくらいのことで、女は泣くな！」と一喝した。

あのときの姑の冷酷は長く記憶に刻まれ、穏やかになった今も、姑に対してはある一線を引かせて、決してそれ以上は近づかない無意識の防波堤になっている。女が女の足を引っぱったのではない。貧すれば鈍するという余裕のなさからくるもろもろが、夫の母をあのようにしたのである。

私は夫の事情を知りながら、夫との結婚を選んだ自らのさかしらと愚かさを恨んだ。人生の大事である結婚において、偽善を生きざるを得なかった自らの運命を恨んだ。この期におよんで夫という男の決定に諾々と従う、我が身の非力を恨んだ。

私のフェミニズムの始まりは、すべてここにある。何故、より幸せになりたいと選択した「結婚」によって、かくも不幸な日々を送っていたのか？　その不思議を自らの手で解き明かし、乗り越えたいと願ったところから、私のフェミニズムは始まり、フェミニスト・カウンセラーへの道は開かれたのである。

フェミニスト・カウンセリングの鍵が開く新しい地平

伝統的生活

日本人の友人から「ザ・トラディショナル・お正月」と揶揄されている正月行事がすんでほっとしたのか、体中の力が抜け風邪にやられて寝込んだ。

毎年、年末が視野に入ってくる頃になると、軽い〝うつ状態〟になる。年賀状、歳暮、カーテンや大型リネン類の洗濯、大掃除、婚家の掃除、正月の買い出し、チェサ（祭祀）の準備、家族の衣類の用意、子どもの世話、金の工面、自身の仕事と、これらのことが一カ月の間に押し寄せるので、忘年会を楽しむどころではなくなってくる。

目の色を変えて汲々と走り回る私を見て、ゆったりと構え、婚家に挨拶に行くどころか、年末の掃除すらしたこともないという友人たちからは、「いいかげんに、やめれば」とからかわれるのだが、骨の髄まで染み込んだコリアンの血は、自分自身を倒れるまで追い込んで許さない。よい嫁、よい妻を徹底的にやってしまう。

真性コリアン・トラディショナル・ライフ……しても地獄、しなくても地獄である。馬鹿ばかしいとわかっていて、あれほど軽蔑し囚われから自由になりたいと願っているのに、儒教が、私の精神をがんじがらめにして離さない。敵があちら側にいるというのならまだしも、自分の中に擦り込まれて血や肉となっているものと闘うというのは、滑稽どころか、本当に血のにじむような闘いである。

私の相手は「～ねばならない～らしさ病」である。

日本の総務庁が韓・日・米で行った意識調査の結果というのを、正月に『朝日新聞』で読んだ。韓国では子育てについて「男は男らしく、女は女らしく」という伝統的な男女観や考え方が目立ち、離婚などに対しても「いかなる理由があっても」「子どもがいれば」を含めて反対が七一・六%にのぼるという。日本は四二・六%、米国は一七・一%である。

昨秋、知人が翻訳・編集にたずさわった縁で読んだ『ガラスの番人』という韓国女流文学選のあとがきに、胸を衝かれる記述があった。オンマ（お母さん）と呼ばれる、女性たちのことである。朝鮮では結婚したとたんに、女は名前で呼ばれることが少なくなる。子どもが生まれれば即、○○オンマである。逆にいえば、女は結婚すれば母になるのが当り前で母になれない（ならない）女は、身の置きどころもない。人間の心の有りようよりも、形式や秩序の維持に価値を置く封建時代の残滓色濃い国では、「家」の維持が最重要課題になる。だからこそ、いかなる理由があっても離婚を許さない数字が七〇%にもなる。こんな社会では、結婚の内容がどんなに辛くすさんでいようと、結婚しているという形式が大切であって、極論すれば、そこに生きる人々が、幸か不幸かはどうでもいい。耐えしのぶことこそが美徳である。そして実際、『ガラスの番人』の中には、そういう悲惨な女と男が、小説の型を借りて、ゴロゴロ登場してくるのである。

これも正月の『朝日新聞』であったと思うが、ある中年の女性の投書が目に入った。この投書は、夫の両親との辛い同居生活を訴えた別の女性への返答の内容となっていて、——私も同じような境遇で長い間、舅・姑にいじめぬかれた。しかし亡くなる前に「悪かった」とあやまられ、積年の怨みが晴れた。こんな生活に耐えられたのも夫のおかげと感謝している。貴女にもきっとよいことがあるので耐えて下さい——というものであった。こういう女性の文を読むと(私自身も愚かな女の一人で、同じようなことに苦しんできた女ではあるが)あまりのオメデタさと愚かしさに怒りすら覚えてくる。このタイプの女性は、自分の状態に自己陶酔していて、きつい舅姑↑↓よく仕えるできた嫁、夫↑↓従順で健気な妻、子↑↓しっかり者の母、という役割を演じ、それを世間に評価してもらうことで生きている。

しかし、この女性が本当に自己の確立した聡明な女性であったら、自分の人生をこんな意地の悪い老人たちのためには使わなかっただろうし、こんな状態に妻を長く放っておくようなだらしのない夫を恨みこそすれ、夫のおかげと感謝することなどなかったろう。このテの女性は、同じ境遇に苦しむ他の女性に対して「耐えきった」自分の優位を示すことで二重の苦しみを与えるという点で、罪が重い。

男にだけ甘い世界

この世は「男社会である」といくらいわれても、あまりに長い間、この社会しか知らず、生まれた時からあたり前のこととして空気を吸ってきたので、気づかない人が多い。男女不平等とか、性暴力などといっても、もう一つピンとこない人が、世の中の大部分である。周りを見渡せば、どの家もカァちゃんやギャルたちの方が元気よくいばっていて、采配をふるい、とても男のいいなりになっているようには見えない。

しかし、少し知的に心を澄ませば、不景気になったとたんに、大学で学問を収め、希望に胸をふくらませた女性も、女というだけで前途を塞がれる現実があり、インドでは本来生存しているはずの〇歳から六歳までの女児百四十万人もが消えた、と報告されるような現実がある。中国では女の赤ちゃんが大量に間引き中絶され、いたいけな少女たちが、世界中で売買春の犠牲になっていると報告されている。「女は強い」とスネているのは、いつまでも母の乳房にしがみついている、オメデタイ精神未発達の「甘ったれ坊や」だけである。

私たちの生きている社会がいかに男に甘いか、例をあげてみよう。一九八九年好評を博したN

ＨＫの大河ドラマ「吉宗」の主人公は、名君として伝えられ円満で魅力ある人間として描かれていたが、彼に複数の側室がいたことは、周知の事実である。側室の生んだ子が後継者になり、側室同士ももちろん公認の仲である。私たちが何とも思わず「昔は皆そうだった」と一夫多妻を受け入れてしまうのも、実は男中心のものの考え方が私たち女の骨の髄まで染みわたっているからである。同じことを、男には許すが、女には許さない、これこそが男社会の「正体」なのである。

この正月、精神科医である斉藤学氏の『家族という孤独』（講談社）という大変刺激的な本に出会った。斉藤氏は「日本で大人と言われている人々は、それぞれの『おふくろ』との幻想的な融合状態のもとで『おふくろ』にファルス（男根）を提供したつもりになっている精神発達上の幼児である」と斬っている。男がそれほど幼稚であれば、それに対応する女のレヴェルも限りなく幼稚にならざるを得ないわけで、私は長い間、日本の女のいつまでも子どもっぽい仕草やものの言い方が気になっていたが、その訳が一挙に氷解したようで教えられることが多かった。

斉藤氏は日本の社会について述べているが、これは朝鮮についても、在日朝鮮人男性の精神構造についてもいえそうで、先のデータが示しているように、日本以上に保守的なコリアンの世界は、徹底的に甘やかされた男＝つまり息子と、オンマの世界である。

正しく伝統的な朝鮮の家庭であればある程、この「近親相姦的母息子」の度合は色濃い。

女性のためのカウンセリング

私が直接、フェミニスト・カウンセリングの世界に踏み出してから、まだたった一年半である。心の問題を取り上げる心理学には学生時代から興味があったし、生来のオテンバのせいで、潜在的フェミニストではあったと思うが、儒教的な家父長色の濃い家庭で育ったために、旧い思想にどっぷりと浸り、毒されて、私自身は決して真に解放された先進的な女ではなかった。むしろ外見とは裏はらに非常に保守的な人間である。しかし、結婚して一時に押しよせた生活の変化は、まるで結婚したことが罪であったかのように、私には辛いことばかりで、妻や嫁であるということで一方的におしつけられたアン・フェアで理不尽な処遇に対する反発が、自然に私をカウンセリング、フェミニズムへの道へと向かわせた。

心理学自体が比較的新しい学問で百年程の歴史であるが、フェミニスト・カウンセリング（セラピィ）というのは、一九六〇年代以降のアメリカのウーマン・リヴ、フェミニズム運動のうねりの中で、徐々に生まれてきた考え方である。日本では、作家・森遙子のカウンセラーとして知られる河野貴代美氏が、十五年前に始めた。

なぜ、フェミニスト・カウンセリングなのかといえば、性差別的文化の中でおしつけられた「女らしさ」の拘束からくる葛藤に苦しむ女性の心を癒すには、真に女性の苦しみに共感するフェミニズムの視点が必須だからである。

嫁の立場で苦しんでいた私に「貴女とお姑が対立すれば、一番可愛想なのは間にいる旦那様よ」という、男の味方もいたし、「我慢してれば、子どもからは孝行してもらえる」と訳のわからないことをいう人間もいた。親との別居を決意した時には「親を捨てて自分たちだけ幸せになって」と捨てゼリフを吐いていった人もいて、顔を引っかいてやりたいような気分であった。

考えてみれば、本当に長い間、女は可愛想であった。かくも長き男中心の歴史観の中で人間ですらない半人前として扱われながら健気に生きてきた。

自分が不幸な目に合うのは先祖への供養が足りないせいであり、妻として不幸なのは夫への献身が足りないせいであり、婚家と上手くいかないのは自分が生意気なせいであると常に自分の側に非を探し、自分を痛め傷つけ、責めて、当り前としてきた。「心の垣根」や「家」や「しきたり」に閉じ込められて、女同士手をつないで成長するなど思いもよらなかった。しかし一旦、女であるために受けている理不尽の馬鹿ばかしさに気づけば、もはや私たちにそのまま〝耐え忍ぶ〟ことなどできるはずもない。

幼稚な女に、成熟した男を育てられるはずもない。成熟するということは、人間にとっても社会にとっても非常に辛い道のりである。だからこそそのフェミニスト・カウンセリングなのである。

私たちはここで初めて、自己主張や自己尊重をしてもよいと習い、「男に奉仕するのではなく、男と対等な存在なのだ」と、学習するのである。

私はこの道が成熟した女を生み出す一つの道であると信じるし、それは結果として成熟した男、成熟した社会を生み出す産道になり得ると、希望を持っているのである。

（一九九六年）

意思決定に参加することの意味

「重要な存在ではない」

自慢にもならないが、今日に至るまで、ただの一度も国政というものに参加したことがない。投票所というところで候補者の名前を書いてみたこともなければ、自分の一票に積極性や責任、可能性を実感したという経験がない。同じ選択をした人々との間に連帯の感覚を共有して地域に連なるという「安心」も、許されたことがない。よってわたしの運命は、いつも誰かに託したり、お願いしたりするものである。これまで唯一経験した選挙は、学校での役員選挙だけである。子供の頃からの政治好きで、その折々の諸問題に、うるさいと揶揄されるほど一家言をもって論争に口角泡を飛ばしてきた。にもかかわらず参加の実績がないのは、ひとえに私の責任というよりは誰かによって、政治に参加したいと願う私の意志が拒まれ阻止されてきたからである。期待されてこなかったからである。ありていにいえば、「あなたには何の権利もない。従うだけの存在でいなさい」ということである。

これが国ではなくて、地域や職場、周りのグループ、サークル等だったらどうだろう？　そこにいるにもかかわらず、こういわれることと同じである。

「あなたには参加して欲しくない」「あなたの力などあてにしていない」「あなたは主要な人物ではない」「主張せずに、指示や命令におとなしく従ってだけいなさい」

家族の中であったらどうだろう。

「口答えするな」「口出ししないで」「どうせアンタなんかに何もできっこないわよ」

信じられないことだが、私はこれまですべての場面でこういわれてきた、に等しい。

祖国からは「外国にいるのだから」

日本国からは「外国人なのだから」

社会においては「女だから」

職場においては「平だから」

家族においては「末っ子だから」という理由で。

その全ての場面に私がいなかった訳ではもちろんない。私はいつもそこにいた。むしろ誰よりも熱い心で。にもかかわらずまるで存在しないかのように軽んぜられ意志を無視されてきた。外国に生まれる、女に生まれる、姉妹の順番として最後に生まれる。この中で私自身が選択したことは一つもない。しかしそのことによって生まれたときから軽んぜられ、無視されてきたとすれば、このようなことを理不尽、差別といわずして、一体どのようなことをその名で呼ぶのだろう？「あなたは重要な存在ではない」というシャワーのようなメッセージを浴びながら、「私は尊重されるべき存在である」と実感することは容易ではない。文字通り誰かの期待どおりに、「わたしはたいしたことのない人間」となっていく確率の方がはるかに高く、自然ではないか。しかし、その誰かとは誰であろう？　この世の中に最初から「粗末に扱われるたいしたことのない人間」になることを願う者などいるはずがない。意図的にそうして第三者の尊厳を奪っている者があるとすれば、その人は何故、何のために第三者の尊厳を奪う必要があるのだろう。意図的にそれを行なっているとすれば、行なっている人がそれを自らやめる可能性と必然性はない。

男社会の単純さへのNO

「他人を貶めていく」というそのような不条理に対して「断固抗議する」手段の他に、何か方法はあるだろうか？　夜空の星に願うようにただ祈っていたり、遠慮がちなほほ笑みを浮かべて相手の気まぐれに期待しつつ待っていれば、いずれ与えられるであろうか。残念ながら、歴史はその答えがすべてNOであることを如実に示している。（だからこそ奪っている側は、ただ願ったりほほ笑んでいる人が大好きなのであるが）

意図的に誰かの権利を奪っている者がそれを自ら手放すことはありえない。気まぐれで奪った権利を投げ出すことはあるかもしれないが、「お願い」や「希望」に対して意図を変更する必然はまったくないからである。その誰かとは誰なのかを、私たちは知っているだろうか？　はっきりとそれが誰なのかを知り、その相手に、押し付けられてきたことごとの不快さをきちんと表明し、自分自身の言葉で自分の要求を伝え、奪われてきた権利は自ら取り返さねばならない。けれども「自分はたいしたことのない、力のない人間である」とすでに尊厳を失っている存在に、そのようなことは可能であろうか？（考えてみれば、これまでの「女」の行動様式には歴史的に、「自己実現」という考え方はなかった。だからこそ女は残念ながら、自分とじっくり向き合わなくてはならないカウンセリングなどより、答えがすぐに与えられる「人生相談」や、文字通り星に祈るような「星占い」や、ご信託を仰ぐ「宗教」などになじんできたのではなかったか）

どれほど腹立たしく苦しくとも、奪われたものは自ら奪い返すしかない。しかし、その暁の地平は、奪ってきた側がその貧弱な想像力で恐れ、恐怖しているものとは全く違う地平のものである。私たち（新しい時代の女たち）は、男社会によって暴力的に奪われていた権利（本来の力）を奪い返しても、それをまた暴力的に行使することなど考えてはいない。たとえ使えたとしても使わない。私たち女が理不尽だとして訴えているのは「何故あなたには力があるのか？」ではなくて「何故あなたは力を、他を抑圧することに使うのか？　そのことにしか使わないのか？」という反抑圧、反暴力の主張だからである。

「男女平等」や「男女共同参画」の試みは、女が従来の男並みに暴力的になることをめざしたものなどでは決してない。何事も暴力的に思考し決定してきたこれまでの「男社会」の単純さに、ハッキリとNOを突き付けている平和運動なのである。しかし残念なことに、人間関係を「勝つか負けるか」のパワー・ゲームでしか考えられない旧態依然とした思考の人々は、またぞろ「男女共同参画」の趨勢にさえ暴力装置を持ち込んで対立を煽り立てようとしている。彼らの主張はこうである。

「女どものやろうとしていることは、恐ろしい革命である。諸君、こんなことを許していてよいのか？　このままでは大変なことになるぞ。おれたちの守ってきた麗しい伝統（女・子供は殴ってしつける）や美しい文化（女が男にかしずく）は滅びてしまう。フェミニズムなどという考え方に、従順な女どもが目覚めて男に刃向かわないうちに、生意気な女どもには早めに攻撃を加えて叩きのめし、おとなしい女どもはこれ以上影響を受けてものを考えないように「主婦」に囲い込んで手なずけるか、女同士対決させて闘わせよう」……いやはや、彼らの思考回路はテレビ・ゲームのような単純さである。そもそも「革命」というものが何故起きるのか？という思慮がまったく欠けているではないか。多くの人の抑圧された苦しみがあるからであるのに。

エンパワー

私はフェミニスト・カウンセラーの職についているが、来談者の語るストーリーに共通の内容は、彼女たちがいかに「無化」されてきたかという歴史である。ある時は両親によって、またある時は教師によって、家族の他のメンバーによって、隣人に、級友に、見知らぬ誰かに、制度に、社会に、国家に、そして男に。「無化」されている漠とした不安におびえ、いつ果てるとも知れない絶望感を語りはしても、彼女たちの多くはその不安の発生の理由に気づかず、抜け出すための方途も知らない。よって、全ては「私が悪い」と考えることで、辻褄を合わせてきた。だからこそ、フェミニスト・カウンセリングの重要な仕事の一つは、彼女たちに対して「あなたは悪くない」と、「カウンセラー側」から逆洗脳することではなくて、彼女たちの生きてきた世界の実相を明らかにし、どのようなシステムのどのようなポジションにいて、誰とどのような関係を結んで過ごしてきたのかを、知ってもらうことだと考えている。誰かによって誰かの利益の為に「わたし」に刷り込まれ、わたし自身を苦しめてきた「社会的構造のもろもろのこと」について、批判的な目をもって「学び直す」ということである。この時点でそれまで何も知らず蒙の中で生きてきた多くの女性たちは、「目からウロコが落ちた」と生き生きと息を吹き返し、目を輝かせる。自らの可能性に気づくからである。そして納得していく。自らが「私だけが悪かったのではない。本来は私にも力があったのだ」と語り出す。この過程を「エンパワー」というのである。視点が「あちら」から「わたし」の側にしっかりと移動する実感を手にしてゆく過程こそが「フェミニスト・カウンセリング」だといって過言はない。つまり誰かの――はっきりいえば男の――価値観でいいように語られ動かされてきた自分の運命を、「私のことは私が決める」という原点に立ち還ることである。それは「私のことは私だけのこと」と閉塞することではなくて、「私のことは政治的なこと」と社会的な視野を拡げてゆくことに他ならない。自分の置かれたポジションの位置を相対的に知っていくことである。(例えば家庭内で暴力をふるう男が、「これは個人的生活の範疇のことである。口を出すな」といって、女性への暴力を正当化していくような考え方とは対極にある)そこまで到達し、その地点に立ちさえすれば、後はどの方向にどのように進もうともカウンセラーの関与などが不必要なことはいわずもがなである。

一般的に長期にわたって「無化」の状態が続くと、人は深い絶望感のために命を永らえることができなくなる。「外国人」としてあまりに長くいじめられると、外国人をやめて「日本人」になろうとする。そして実際私の周りでは多くの朝鮮人が、自ら朝鮮人を差別している日本人に同化しようとして、朝鮮人としての命を断っていった。何をいっても「女のクセに」といわれれば、そのうち何もいわなくなる。職場でも家庭においても「生意気な女」としていたぶられていれば、いじめられて最後の息の根を止められるよりは、たとえ「従順な奴隷」としてでも生き永らえようとする。家族という小さな単位でさえ大事なことはみな父や長男、長女が仕切って決めてしまうのでは、家族ヒエラルキィの前には何をいっても無駄と、末っ子は同等意識などは早々と放棄して、可愛い「決定権を持たないペット」になり下がってしまう。せめてもの使えそうな武器は意思を通すための「甘ったれ」と「わがまま」ぐらいである。(これも又、自ら選択しているように見えて、実はそうではない。末子にはそれより他に道がないからである。姉妹の最後に生まれた人に、誰も長子のような指導力や統治能力は期待しない。むろん、発揮することは許されない)しかし、私はどういうわけか幸運にもそのどれにもならなかった。生まれた時から何ひとつ自分の人生に関する決定権を積極的に与えられた訳でもなく、『意志決定』の大切な場へ、手を引かれて招待されたわけでもないというのに。何かに負けて無力感に襲われ「命を断つ」という発想にはならなかった。

生き永らえることへの欲求

「病は気から」「健康な精神は健康な体に宿る」といういい回しは、今では差別的表現になるらしい。しかし、私自身に限っていえば、それは全くそのとおりであった。生まれた時に四千グラム以上あったわたしは、はしかの時でさえ外で走り回り、昭和三〇年代前半に東北地方を襲った小児マヒの猛威にも高熱をもって打ち勝ち、その後も体の病気で食欲が落ちるという経験はしたことがない。出産などの入院中でさえ食事時間が楽しみであった。

「食べる」ということは、文字通り生命としての命をつなぐ――永らえる――ということへの強い精神的希求にほかならない。(だからこそ摂食障害は「精神の病」としてカテゴライズされている。ある会合で摂食障害治療の権威といわれる人が「フェミニズムの人には叱られるかも知れませんが、『家事』は大切です」というのを聴いて驚いた。フェミニストは本来女がするべき仕事をサボタージュしている、くらいの認識しか持ち合わせていないとすれば、女性問題の何たるかを知らない人が「女性」を専門に治療して、権威になっているのである。診察室で女性たちは彼に、何をいわれているのだろう? 因《ちなみ》に私はフェミニストであるが「家事」をおろそかに考えたことは一度もない。むしろ重要だと考えすぎるあまりに、この大切な仕事の尊さを私(女)だけが独占しているのは罪深いことなのではないかと、反省しているのである。まずは件の〝権威の人〟に「大切な家事」という仕事を献上しなければなるまい)私の場合は精神の前に、肉体が生き永らえる方を選択してしまうのである。食べて蓄えられたエネルギィは、「さて、次は何をしようか」という好奇心の源になり、疲れを知らない行動力の源泉ともなる。

しかし一方で、体が弱いにもかかわらず、精神の方が粘り強く生きることを希求した人々をも知っている。例えば随筆家の岡部伊都子さんは子供の頃からの虚弱で、遠くない明日は生きているだろうか、と病床にあって考えねばならない日々であった。だからこそ彼女はか細い命の灯を、人の命というものを無辜に奪うものに抗議して、反戦・反差別の闘いのために息長く使ってきた。当然のことながら彼女は「食」を重んじ、食べ物に関する随筆も数多い。精力的な人で、食の細い人というのを過分にして私は知らない。病臥に喘いだ正岡子規でさえ有名な食欲に関しては、ここに語るまでもないだろう。

つまり「生き永らえる」という強い希求は、健康で強い体から発生する場合もあれば、逆に虚弱な体からも個別の理由をもって発生する。体の病気で食欲の落ちたことのないわたしは、その後「結婚」によってもたらされた抱えきれないほどのストレスに、生まれて初めて「食べ物が喉を通らない」という体験をし、以後、健康時のダイエットではなかなか減らない体重が、精神的な苦しみの前ではいとも簡単に減少してしまうことを実体験した。精神的苦しみは、屈強な肉体をも殺す。精神的苦しみを与えることで、第三者を「死の淵」にまで追い詰めることもまた可能である。

カウンセリングのかたわら携わっている行政の女性相談室に寄せられる家庭内ＤＶの被害者の中で、「言葉の暴力」をはっきりとあげる人が目に見えて増えている。体の暴力は目に見えやすい。が、「言葉」という「精神」に加えられる、つまり魂に加えられる暴力に対して女性たちがこれ程敏感になり、ある意味で蹴られたり頬を張られたりする以上に強い抗議をするのに注目している。彼女たちの「救い」は、まさにその点にこそあるからである。肉体は残念なことに一度死んでしまえば手遅れで、もう二度と生き返ることはない。だが魂は違う。センシティヴであるがゆえに壊れやすく傷つきやすくもあるが、その繊細さは一条の光や一陣の南風にさえ反応し、不死鳥のように甦る可能性を抱いている。「カウンセリング」という仕事は、あきらめずにそのことに加担し、再生の現場に立ちうることに他ならない。

その「席」に座るかどうか

ところで、国政から始まり家庭にいたるまで、これまで重要な意志決定の場に参加した経験のないことは述べた。それを阻止してきたのが時々において国家の制度であり、世間というものであり、職場の高圧的な上司であり、姉妹パラダイムであったりしたために、私にはそれらの相互関係がよく見えていなかった。しかしこれらには、弱い立場の者をさらに「無力化」する＝抑圧する側は「無力化」されないという点で共通点がある。権力構造である。「無力化」には、さまざまなレヴェルと形態がある。最近わたし自身が経験した二つのこと、一つは「刷り込み」について、また一つは「分断」について語りたいと思う。

居住している奈良では「人権」に関する催しや研修が数多い。（この旧い街にはそれだけ「差別事象」

が多いという事情にもよるが）事前に配布されるレジュメや挨拶文には——この日本で弱者と考えられている人々の名が前文として列記されていることが多い——女性、被差別部落、障害者、そして、来るぞ、来るぞ、と思っている内に、必ず来る。在日韓国・朝鮮人……。私はもともと東北・関東エリアの人間で、関西で多く見聞するような差別の経験があまりない。もしかしたら個人的に、屈強な部類の人間だからなのかも知れない。関西に住むようになるまで、同和や部落問題という言葉さえ知らずにきた。しかし、関西に移って、これだけ執拗にこれだけご丁寧に「お前は差別される側の人間だ」と、連呼されて刷り込まれると、もはや「わたしは、差別される側の人間だ」という記号以外に自分自身は語れないような気にさえなってくる。事実「私って、あまり、差別された経験ってないんだけどなあー」と何げなく語った私の言葉に、社会学を研究していた私の親友は激怒し「何いってるのっ！　あなたはねっ、差別されている人なのよっ！」と社会学的記号をおしつけ、そのことで私たちの友情は決定的に壊れた。確かに誰かによってわたしは日本国においては「被差別」の席しか与えられていないのかも知れない。が、それが私にふさわしいかどうか、そこに座るかどうか、座りたいかどうかはわたしが決めることである。

「なるほどわたしにはこの席なのか」と知ることと、その席に甘んじることとの間には雲泥の差がある。自分の居心地のよい席を自分で選ぶほどの参画は当然である。わたしにはその席を蹴って立ち去る権利もあるだろう。この席は誰が用意し、誰が私の席としてあてがい、誰が私を無理にでも座らせようとしているのか。ちなみに、件のステレオタイプのレジュメには、差別を恐れてカミング・アウトすらできないでいる性的マイノリティーや法的マイノリティー、歴史・地理的マイノリティーのことが見事に欠落している。ないことにしたいのだろうか？　あるいは存在に対する認識さえないのだろうか？

奈良で実現しているすばらしい試みの一つに、「夜間中学」がある。

現在では中国やブラジルからのニューカマーが増えているが、当初の生徒たちは被差別部落出身の人たちと、朝鮮のハルモニたちがほとんどであった。彼女たちの書いた文章や記録映画を見たことがあるが、「私たちの受けた差別を、子や孫の世代には受け継がせたくない」という熱い思いは共通で、文章の主語を変えると誰が書いたものかほとんどわからないくらいである。しかし、彼女たちの主張には決定的な違いがある。一方は「自分たちの学べなかったのは〝部落差別〟による貧しさのせいである」と主張し、他方は「〝植民地下〟に置かれた貧しさのせいである」と主張している点である。こう主張することで、彼女たちは日本国と朝鮮民族という越えがたい民族的対立の前に決定的に分断されてしまう。

しかし、ならば映像や文集に現れる人たちが全て「女性」であるというのは、一体どういう訳であろう？　彼女たちの学べなかった理由が、貧しさや部落差別や植民地統治であったとすれば、

「夜間中学」の生徒に「男性」がほとんどいないのはどういう訳であろうか？　彼女たちが高等教育ではなく識字の機会さえ奪われてきたのは、実は「女に教育はいらない」という女性差別のせいではなかったのか？　その何よりの証左は、男尊女卑の儒教が徹底していた朝鮮半島においては、家の家門がどんなに高かろうと富裕であろうと、伝統的に女性に教育を施す習慣がなかった。（「申師任堂」という女性は、女性にも係わらず高い教養を誇った中世の女性ということで教科書にも取り上げられている。それほど希少であったということであろう）教養の証しとされた漢文などは、完全に男性の占有物であった。「夜間中学」の識字教室に集う老いた女性たちは、こうして各々の強烈な「身分差別」や「民族差別」に抗議はしても、その後ろに共通して横たわる「女性差別」の視点には案外気づかず、女性として連帯するということが少ない。各々の家庭では〝よい妻〟などを演じ、時に亭主に怒鳴られる生活である。さらに付け加えるならば、知識が識字に留まって教養の深い段階にまで至らないために、若い女性に対しては、しばしば伝統的な価値観を振りかざして、「抑圧者」として振る舞っている場合も多々ある。

最近ある市の催した女性フェスティバル（これもまた大流行）では、女性のということで、各グループのバレエだの踊りだのが披露され、責任者の「女性の感性を生かして……」という挨拶がされたことにびっくりさせられた。実態はこのようなものなのであろう。女性解放も、男女平等もジェンダー・フリーも真の意味は判っていないが、御時勢だからというのでいいたてている。（むろんそれだとて、いえなかった時代を考えれば隔世の感があるが）

真のジェンダー・フリーが実現すれば、残るのはセックスの差異だけである。それだとてトランス・ジェンダーの人々や「性の不同一性」に直面している少数の人々の声が教えてくれているように多様で、「これはこういうものだ」と決めつけることはほとんど意味をなさない。第一、私たちはそのことについて長い間タブー視し、ことばにして語りあうことさえしてきていない。すべてはこれから新しく始まるのである。つまりは、ジェンダー・フリーの実現のあかつきは、「なんでもあり」の世の中ということである。けれども、この新しい始まりには、ワクワクするような意味がある。私たち女が、初めて抑圧されない存在として男性と等しい重みをもって、新しい世作りの「意思決定の場」に、「共同参画」するのである。いつも、誰かに何かを規制されて生きることしか考え及ばなかった人々の、新しい時代の始まりなのである。

今日もカウンセリング・ルームを訪れる女性たちの第一声は自信のない「〜でしょうか？」から始まることが多い。私の対応もまた、同じように始まる。「私に教えて下さい。あなたのことを。あなたのことはあなたが一番よく知っている。あなたの他に、誰にあなたの人生を決める力があるでしょうか」と。

（二〇〇〇年）

終焉、しかし絶えざる出発

カウンセリングで扱われる内容は、時代背景を色濃く映す。さらにクライアントとしては男性より女性が圧倒的多数を占める。（正確な比率はわからないが、少なくとも筆者のカウンセリングルームは女性のためのということを銘打っていたので九五パーセントが女性であった）

世のあらゆる領域で、出産時のネーム・プレイトからトイレにいたるまで、あるいは最近まではスチュワーデス、看護婦、保母という職業上の呼称に至るまで、ありとあらゆる分野で性別の区別がなされていた。では、カウンセリングという人の心理、時代背景と社会的背景をもっとも受けやすい人の心理に触れる分野で、性別の区別はどのように自覚され、あるいはなされずにきたのか。いうまでもなく人の性別に関する問題は、巷のほとんどの人は気づかぬながら、自覚する人々にとっては最も先鋭的で危険な「政治問題」である。

この稿ではあくまでも論文としてではなく随筆として、（対象を相対化し客体とする研究者の視線ではなく、）女という性を共有する同志としてクライアントと向きあい、多くの女性の問題に直面してきた十年の一端を綴ることにした。それは私一人の拙い経験ではあるが、同時に得がたい時代の経験でもあると考えている。

二〇〇六年の末、知人が掌中の珠のごとく愛していた優秀で聡明な愛娘が、まさにこれから咲き誇る花のような年齢で自死した。それらしい理由は探せるけれども、彼女の聡明さ、家族から授かっていたあふれんばかりの愛情、体の健康を知っているだけに、いまもって何が彼女をそうさせたのか、私にはまったくわからない。

二〇〇七年の晩秋、ガラスのようにエキセントリックだが瑞々しく優しかったSさんが、五十の坂を越えて焼身自殺という手段で自らの人生を終わらせた。あまたの良書、良友、先達に囲まれて学び、社会と深く関わって生きていた彼女だが、それでもなおそれらは彼女の生きる力、希望にはなりえず、あのときのSさんにとって、人生は生きるに値しないものだったのである。しかしわからない。

世に名をはせる高名な学者の父と、並外れて温かく聡明な母をもつ人もまた、凡人が果たしえない数々の結実を見ながら、あっさりと命を断ってしまった。私がよく知っていた在日一世の女性は、八十年を生きてもはや思い遺すこともない、西行のように桜の花の季節にという願いを、自らの意思で叶えた。

彼女たちに共通していることはただ一つ。今現在と明日からの人生は生きるに値しないと感じていたということである。その理由について、またどうすれば防ぎえたかについても、結局のところ私にはまったく見当がつかない。

一九九七年の九月、私はたった一人きりでカウンセリング・オフィスを開いた。若干の心細さと不安、しかしそれにもまして意気揚々たる思い。「人」そのものと真正面から丸ごと向き合うカウンセリングという仕事に私は何を求めたのだろう。援助職には数々あれど、そもそもカウンセラーになろうという人間はどのような動機の者であるか。十年前に一人きりの出帆を祝ってくれた友人たちと、いま新たなる出発を祝ってくれる人々の顔ぶれの違うことが、私のこの十年の歳月を物語っている。唯一、忸怩たる思いといえばそれであるが。

「女社会」のフィールドへ、それから……

私が初めて、大阪・京橋の駅から歩いて十五分ほどのところにある「ウィメンズ大阪」の扉を叩いたのは一九九三年の秋のことである。止むに止まれぬというほどではなかったけれど、しかし抜き差しならぬ事情があって講座を申し込んだだけに、新入の大学生以上にきらきらした向学心に燃えていたと思う。その日集まった約二十人の女たちは、どういう経緯で集まったのであろう。年齢も階層も環境も、まるで女のサンプルのように多彩であったが、皆、それぞれの事情を抱えて、必死の思いで集まっているのだけは痛いほど伝わってくるようなクラスであった。

私自身は以前から知人のWに女性問題の先駆者であるK先生が東京から六年限りでいらっしゃる、その間に学んでみないかと折に触れて誘われていた。しかし当時私にはまだ手のかかる小さな子供があり、その上に病弱でおよそ「自立する」という概念のない夫の父・母が家庭にあった。末子の保育園入園まで一、二年を待ち、満を持しての受講であった。当時、私はどこへ出かけるのにも、駅まではスーパーに行くような格好で駆けた。大和の小さな田舎の駅で、私は家からしてきたエプロンをはずし、サンダルをパンプスに履き替える。そしてバッグにその一切合財をつめこんで、一時間に三本しかない電車に乗り込むのである。家から駅までのわずかな間にも、猫の通り過ぎるのにも細心の関心と注意を払って見過ごさぬような未必の善意の人々がいて、東京からきた変り種のヨメには一層の好奇心である。「ねえちゃん、どこへいくん?」

舅・姑に行く先を告げずとも、五分の間には私の行状が報告されているような暮らしの環境。たとえ、その問いに少しの悪意がなかったとしても、そして今ならその問いには親しみや愛情すら含まれていたとわかっているが、当時の私はその声におびえていた。

東京。日本の中心で雑誌記者という最先端の仕事をしながら、その一切合財を捨てて、私はただ一人の友人も縁者も所縁もない大和に暮らしていた。私の両親ではなく、昨日まではまったくの見ず知らずで、夫と結婚して法律上の関係が生じたというだけで昨日までの人生をまったく知らない二人の老人と、毎日同じ風呂に入り、食事を供し、敬い手を引き、夫がいないほとんど全ての時間を、彼らの言葉とリズムと関心にそって会話し、過ごした。のどかな、しかしゴーゴーと県道を疾走する車の音と、ボソボソと交わされる声と、テレビ以外には音のない昼間。母という女の想いを受け止めるには、まだ二十年はかかりそうな我が子の瞳。私以外には、夫でさえ「当然」と思っていた日々の時間。私は病んでいたのだと思う。わずか三ヶ月の間に体重は七キロが落ち、私は毎日空を見上げて、天から降りてくる蜘蛛の糸をまっていた。しかしそれ以上に、この解せぬ不思議な選択をした「私という女」自身を訝しく思っていた。そして、死んでしまう代わりに、この不思議を、自ら解き明かしたいと希ったのである。あの年のあの秋、少なくとも大阪・京橋の小さく粗末な部屋にK先生を囲んで集まった女たちには、それぞれに同じようなひたむきさがあって、十五年たった今はただただなつかしく愛おしい。

およそ二十人の同窓の中でその後、K先生の主催する女性のためのカウンセラー養成過程を経てカウンセリングを開業したのは、私一人である。

当時を思えば、現在は隔世の感がある。わずか十五年とは思えぬほど精神医学・心理療法をめぐる状況は変化した。阪神・淡路大震災を機に、「心のケア」ということが盛んに云われはじめ、当時はまだ日本において偏見の視線に晒されていた「精神科に通う」ということとの垣根はぐっと低くなった。しかしそれでもなお日本では偏見が根強く、いまだに精神科ではなく「心療内科」

という世界に類を見ない日本独自のシステムが機能している。何事にも「和をもって尊しとする」という価値観に煙にまかれて、自我の発達や自己の確立ということ、主張する、言説をもって意思疎通をするということが評価されない日本の風土では、そもそもダイアローグの試みに戸惑う人が多い。しかも大体において「言説」は権力に占有されていて、女や子供や弱者にカテゴライズされた者には「主張する、意思を明確にして述べる」という習慣がない。よって棋界にあっても、長い間悩みは権威によって聴かれ、分析・解析され、治療されるものであった。「心」を解き放つ場においてさえ、その方法は力や権威に支配されていたように思う。

臨床心理士、という呼称が日本では広く流通しているが、これが河合隼雄氏などが中心となった団体の一つである「日本臨床心理士認定協会」の認定資格にすぎず、国家資格ではないということを知っている人は少ない。多くの人が国家資格だと思っているのである。私は一九九〇年代最初の、まだ中央に進出する前の河合隼雄氏自身の口から直接「私は権威になりたい」と語るのをきいて驚愕した覚えがあるが、それが氏個人の感情レベルのことであったのか、はたまた厚生省と文科省の相克のために一向に現実化しない国家資格問題に業を煮やしてのものなのかはわからない。ただその後、氏が文化庁長官になるに前後して、大学に臨床心理士養成の指定校制度が整備され、学部と大学院卒業がセットされた。学部の希望者は飛躍的に伸び、カウンセラーは人気の職業になった。さらに臨床心理士のスクール・カウンセラー登用は一気に加速し、ようやく「食える」職業になりつつあることだけは確かである。しかし学校現場のみならず、ことあるごとに「心のケア」が叫ばれ「臨床心理士」が奔走する光景は尋常ではないと、私個人は思っている。

ことほど左様に「権威化」が進む世界で、学部、大学院という課程を経ず、自分の暮らしの必要からフェミニズム、女性学という道をたどってカウンセラーという職業にたどりついた私などは、正当な主流派からみれば、訳のわからない「キワもの」だったにちがいない。なにしろ出立当時の私は、臨床心理士どころか保守本流がもっとも嫌う「フェミニスト・カウンセラー」と自らを定義して出発したのである。当時、時流にのって威勢よくフェミニズムの旗を高く掲げ、女性の諸問題に私たちの耳目を開かせ、導き、「他者からの認知も評価もいらぬ、名づけの権利はもとより主体にある」と私たち「一般の女」を鼓舞してくれた師たちも、今はほとんどが行政や大学という権力機構の一翼にある。今やフェミニズムという寒風ふきすさぶ広場にウロウロしているのは、笛を吹かれて踊ってしまった、あるいは上った梯子をはずされたイノセントで純情な女か、真性筋金入りの運動家のみではないか?というのが私の印象である。当時、反権力のアウトローとして颯爽とし、私がフェミニズムの師として仰いだK先生も国立女子大の教師というアカデミシャンになった。いったいに日本のように極端に同一化を好む社会において、生活の糧をそこから得ている場合、フェミニストたちはどれくらい言論の自由を確保できるだろうか? 言論の中身ではない。「物申す」という行為そのものに過敏な拒否反応を起こす社会において、という意味である。フェミニストもまた、日本風の衣をきて、日本風フェミをおこなうのだろうか？

はたまた原理主義を貫いて闘うのだろうか？　それとも、フェミニズムは飯の種と割り切って、内面では保守を生きているのだろうか？　女の仕事を巡っての林真理子と上野千鶴子の「アグネス論争」は一世を風靡したが、小泉総理が自分の子を妊娠中の妻と離婚し、その後に生まれた子供との親子関係を一切拒絶して面会すらしないという男尊主義というか父権の放棄については、国をあげての「子育て支援」を謳う保守はもとより、フェミニズムを初めとするあらゆる女性勢力から沙汰もなしだったのは、いかなるわけであったか。

生活の場からあぁだ、こうだと際限もなくグチをこぼし続けるような、自我も自立も概念にないような女たちを相手にするよりは、偏差値の高いエリート校の女学生たちの方の教育を優先する方が合理的で快適であるには違いない。しかし現在の主婦というのは、間違いなくその女学生たちの母親世代なのであって、そこにこそ実は現代の女・家族問題がはらむ問題と未来が集約されている。研究者にとっては宝の山であったはずである。カウンセラーにとっては、それこそが現実であり現場である。

日本という国で、生きる

日本女性会議新潟大会の奈良県代表として、私が十一人の仲間と参加したのは一九九五年のことである。後に内閣府男女共同参画局長になる名取はにわ氏をはじめ、日本国中からさまざまな立場からさまざまな取り組みをする女性が、行政の後押しを受けて参加した大会は、聖も俗も清も濁も民も官も、女性問題がとにかく大事だということはわかっているけれど、果たして何がどのように大事で、それをどのように大事にしてゆけばよいのか方向も方法も手探り、という状態にあっても、とにかくそれを必要と感じる女性たちの熱気があふれんばかりだった。その日そこに集った女たちは、水準や様態はどうあれ、「県」の送り出したパックとして集った人たち、先鋭的というよりは日常を女という性を引き受けて生きてきた人たちではあったかもしれないが、たといそうであったとしても女は女であって、女性のための女性の会議に、それぞれの歴史と現在を生きている男ではない人たちが熱を持って集まってきていたことにはちがいない。

一九七五年の世界婦人年世界会議、一九八五年のナイロビ会議と続く国連という官の巻き起こした熱風に煽られる形で、日本では内閣官房長官が「婦人問題担当」に任命されたのが一九九二年、内閣に男女共同参画推進本部の設置されたのが一九九四年、さまざまな審議会やプロセスを経て「男女共同参画社会基本法」の発令されたのが一九九九年である。その間、官の主導の下に全国に女性センターがつくられ、民をも活発に巻き込んで女性を啓蒙し、覚醒するのに一役買った。それと平行してセクシュアル・ハラスメントやＤＶ法などが一般人の意識を牽引する形で作られ、副産物のようにデート・レイプやアカデミック・ハラスメント、性暴力、児童虐待など、これまで人間社会の半分を占めながら可視化されてこなかった女の領域の問題に光があてられ、噴出するようにあるいは流れ出すように問題が明らかにされていった。その余波をもって人々の意識が人権というくっきりとした覚醒を帯び始め、男たちが創り出してきた社会の中でそれまで封印されてきた他の領域の蓋まで開け始めるのでは？という危機感に「権力」が包まれたとき、案の定、脆弱であった日本の女性運動は、文字どおり泡沫のようになっていた。マスコミの寵児となりもてはやされた上野千鶴子氏が小泉内閣の二〇〇六年、東京都国分寺市と福井で「ジェンダー概念の普及は日本社会にはなじまない」という保守の側からのバッシングで予約していた公的な施設での講演をキャンセルされ、女性センターなどの書架からフェミニズム関連の本が一斉に撤去されてしまったという冗談のようなことさえ事実として起こった。戦時下の言論統制のような二十一世紀の日本でのできごとである。事実、私の居住する市においても、フェミニスト・カウンセラーが嫌われ、代わりに決して「お上」に物申さぬ、某宗教団体で子育て相談にいそしんできたという女性が、女性相談員として十年以上にわたり席を独占している。ジェンダー・フリーや自己の確立を促すような政治的な講座は姿を消し、主になったのは権力にとって、そして誰にとっても当たり障りのない「男性のための料理教室」や「子育て支援」である。女性センターなどの長が、わずかを除いて、女性のためのアファーマティブ・アクションのお陰で幹部に登用されたけれども、頭の中身は所詮男社会の産物でしかなかった上昇志向の女だったことにも起因するし、東京都・教育委員会の「日の丸・君が代」問題にみられるような、日本社会の右傾化とも関連する。しかし、いずれにせよ、日本の空気の中にそれを乗り越え、支えるだけの思想的基盤、真の意味でのデモクラシィが未だ生成されていないのだろう。

余談ではあるが、二〇〇五年にソウルで開かれた第九回世界女性会議は、国力からいっても流れからいっても、巷間、アジア初の開催地は日本であってもおかしくはないとささやかれ、実際私もそう思っていた。しかし、実際に現地に足を運んでみて、韓国の国を挙げての積極的で温かな支援の取り組みに、さもありなん、と胸の熱くなったのを覚えている。儒教の国であり、つい先ごろまで独裁政権が続いていた韓国。けれども国民一人ひとりが歴史の重みを背負い、自らの血と涙と汗で民主主義を勝ち取ったこの国の女性運動は、はやばやと二〇〇一年に女性省を発足させ、しかも初代長官は夫を十三年間独裁政権に拘束され、自らも女性闘士であった韓明淑氏を充てている。国立の慶熙宮で行われたオープニングセレモニーの舞台には、肢体に障害のある女性たちが車椅子のまま、あるいはいざっての姿でバレリーナの少女たちと共に舞踊を楽しみ、見ていた私は韓国社会の成熟に感極まったことを覚えている。ソウル市長も熱のこもった祝辞のあとは演者、観客入り乱れての大舞踏会に飛び入り参加して大いに人気を博していたが、そのとき笑顔で手をつなぎ一緒に写真に納まった人が、韓国第十七代の大統領に就任することになる人とは夢にも思わなかった。

どのような流れであれ、日本において女性の解放のための動きがでてきたことは朗報であったが、何事によらず諸外国とは趣を異にする日本の運動は、女性の運動においてもそうであったと思う。バブリーな一時的な熱は、時に過激な動きを引き起こす。

大阪で、政治においてはその庶民感覚とリベラルが高く評価されていた横山ノック知事が、選挙運動員の女性に性的ないやがらせをしたという事件で政界を去った事件は、日本におけるこのような潮流がなければおきなかったことだけは確かである。あの事件については詳細を知らぬのでコメントを避けるが、当時は多少なりとも女性運動にかかわっている身であれば、横山氏を告発した女性のあり方に疑問を挟むことは許されない空気があった。多少なりとも横山氏を擁護することは、見識も人格も疑われるような空気の中に私たちはいた。後に失意の中に沈んでいった横山氏を見るたびに、自らを省みて複雑な思いを抱いたことを率直に告白する。このような波ごときでさえ人は「ノー」といえないのである。少なくとも私は、周りの空気に恐れをなして口ごもっていた。ましてや生活や立身出世がからんでいたら……。ましてや戦争がはじまったりしたら……。誰が極端に悪いというのではなく、互いが互いを疑い牽制し、結局は相互不信に陥って行く。私が女性の生き方にとことんこだわり、カウンセリングという一見ささやかで私的なフィールドにこだわるのは、人間の心の不思議に迫りたかったからであり、人間の心身を殺させない、殺さない、という命の再生に関わりたかったからである。せっかく生まれたからには、人生を愉しくなければ意味がない。

「カウンセリング」のフィールドへ

私がフェミニズムや女性学に目覚め近づく端緒になったのは自分自身の事情からであるが、今も昔も、私にとって最も大切に思われているのは家族である。意志的に新しい家族をもたないという選択はできるが、この世に家族無しに生まれてくる人間はいないからである。私にとって家族は、たぐってもたぐっても光の糸も闇の糸も無尽蔵にでてくる、石牟礼道子氏いうところの「自分のこもる繭」のようなものである。結婚制度や旧い家族観からは出来るだけクールに脱却しようというフェミニストの仲間からは冷やかされても、私は家族というものにこだわらずにはいられなかった。

一九九七年冬の福岡でのインスー・キム・バーグ先生との出会いは、家族療法を学ぶ精神医家のO先生に誘われて来日したインスー先生のワークショップに参加したのが最初である。生涯の氏と仰ぐことになるインスー先生との出会いが、九月にカウンセリング・ルームを立ち上げた同じ年であったことは本当に幸運であった。私は最初からSFAによるフェミニスト・カウンセラーと自分自身を名付けることができたからである。

会って初めて私は、インスー先生が在米コリアンであることを知った。二十歳の頃に故国を離れてアメリカ人と結婚し、「韓国語はほとんど忘れていて話せない」ということであったが、私との意思疎通は韓国語でお願いすることが出来た。当時すでにインスー先生と夫君であるスティーブ先生が一九七八年にアメリカの、ミルウォーキーで立ち上げたBFTC（ブリーフ・ファミリー・セラピー・センター）はソルーション・フォーカスト（解決志向アプローチ、以下SFA）による成果を蓄積し、専門家の間に大きな影響力をもつようになっていた。

ソリューション・フォーカスト・アプローチというのは、文字通り「問題」という過去ではなく「解決」という未来にベクトルを向けてフォーカスする、焦点を当てていこうという心理療法である（韓国語では「解決中心」と訳されている）。いってみればこれだけのことであるが、容易に想像がつくように、私たちはしばしば、というよりほとんどいつも、悩んだときにはハムレットのように「何が問題か」と突き詰めて深刻になり、袋小路に陥り、挙句の果てにはあれが悪い、誰が悪いと犯人（原因）探しをする。SFAは、問題を問題視しないという劇的な発想の転換を提案したのである。原因を徹底的に追究し解析することで治療するという考え方は、問題を問題視し、微に入り細に入り分析し情報を集積することで成り立ってきた心理学界においては当然であるが、SFAを含む数々のブリーフ・セラピーでは、治療方法の方に、より具体的な情熱をかたむける。もはや戻れない過去に遡上することは、もはやどうにも出来ないことであるために、行為自体がいっそう苦しく、意味がない。

心理療法の世界は長くフロイトに代表されるようなヨーロッパの精神分析派が主流として力を握っていたが、新興の資本主義国家アメリカは何によらず貪欲で、無駄を嫌い「効率」を重視する。これがよくも悪くもおそろしく時間がかかり効果もいまいち明確でない精神分析とは一味違う、ブリーフ・セラピーの考え方と手法を生み出した。一口にブリーフ・セラピーといっても概念を定めるのは容易ではない。

浅学の徒ではあるが各々に優れた特徴を持つ療法のなかでも私がＳＦＡにこれほどまで深く惹かれ帰依することになったのには、大きくは二つの理由があげられる。一つには私にとって女性の解放――つまりは相対的に支配する側としての男性を意識した「権力」「力」関係から、どのように解放の方法があるかということを大きな命題にしていたこと、そして二つ目にＳＦＡは心理療法のみならず、世界が直面する平和運動などの根本解決にも汎用しうる、普遍的な価値を持っているのではないかという直感からであった。

手法は思想よりなるというのが私の確固たる考えであるが、男性たちの作ってきた社会では、「平和のための軍事力」などという言葉が平気で跋扈し、「平和維持軍」などというまやかしがまかり通っている。軍事力とは文字通り殺傷する力、破壊する力のことであり、平和とはそもそも相容れない。今もこれまでも、純粋な平和を志向することは青臭い愚かしい子供っぽい主張だと一蹴に付されてきた。しかし青臭くもなく、愚かしくもない成熟した男性たちのやってきたことが、途切れることのない暴力の連鎖である。まだ誰もなしえていないこと（平和の構築）は、いつの時代にも最初は嘲笑され排除されるかもしれないが、現実を変えうるのはあきらめずに理想を持ち続け、努力を積み重ねてゆくことしかない。二十世紀までの社会が男社会だったからといって、これからの社会も男社会であると断言できないのは自明のことである。

私が女性学やフェミニズムに目を開かれ始めた頃でも、師となる人々は多くが旧世代のやり方、つまりは「男が編み出した女向けの手法」を採用していた。否、厳密にいえば「新しい手法」を創り出そうと苦心していたが、前述したように手法というのは思想のたまものである。男の圧倒的な力の支配に物申してきた理論家たちも、当初から観念でものを語る者が多くいたということである。皮肉屋の私はそれを「お姉さま長女フェミニズム」と心の中で揶揄していたが、どんなに努力しようと、古い世代の古い思想のお姉さまたちが編み出すフェミニズムは、かび臭さを払拭できない。姉妹が多かった時代の訳知りでしっかり者の長女が、間抜けでぽおっとした末娘を叱責し指導するような男型、旧来型の女性運動は、スタイリッシュに育ち、「しごかれる」あるいは「闘う」ということに嫌悪感をもつ新しい世代の女の子たちのニーズを捉えることができなかった。二〇〇七年十二月に大阪ドーンセンターで催された日本女性学会の三十周年記念に出掛けた友人は、かつての熱気を知っているだけに、その参加人数の少なさと年齢層の高さに愕然として帰ってきた。先生たちが若い世代を教えると意気込んで入った大学の当の若い世代は一体どこにいってしまったのだろうか？　それとも女性解放というのも一過性の流行であって、女性たちは解放など望んでいないとでもいうのだろうか。そうではないだろう。いつの時代のどこの女性たちも、その時々の自分たちにあったやり方、ニーズに合致する無理ない方法を求めているのである。

「ＳＦＡの根幹をなすもの」

ＳＦＡの中心哲学は「うまくいっていることは強化せよ」「うまくいかない方法はやめて他の方法を探せ」「なにもおきていないなら何もするな」というものである。私たちは男のやり方がまずいなら、女のやり方を試してみる。女のやり方もまずいなら、他の女のやり方を試してみる、あるいは男女共同でやってみる。共同すると以前と同じように男が威張る、ならば、威張らない男を持ってくる、もしくは男が威張れないように男女比を変えてみる、などさまざまなバリエーションがある。しかし要は「うまくいっている」とメンバーが感じるようなやり方ならばよいのである。そのやり方を強化すればよいのである。

メンバーとはだれか？　そこが家庭であるなら家族、学校であるなら生徒と教師、父母であり、会社であるなら社員、顧客間である。そして世界規模でいうならば国家間ということになる。既成の政治概念では交渉相手を説き伏せる、取引を巧妙に有利に持ち込んで自国の利益を計る、どうしても、というなら最後は軍事力を行使する、というお定まりの方法を繰り返してきた。それがどれほど悲惨な結果を生むかという事例を歴史に何度見せられても、反省することも変化することもできなかった。

私がＳＦＡに出会ったのは一九九七年のことであったが、直感的にＳＦＡは心理療法のみならず、世界のあらゆる領域、あらゆる局面で普遍的に使える、未来型の平和のためのツールになると、確信したものである。認知行動療法や催眠、などという局部的なツールではなくて、手法そのものを包括する「思想」であると確信したからである。インスー先生の最初のワークショップは、なんと驚いたことに社会構成主義の講義から始まるという先見の明であった。

真の男女平等、女性解放を謳う一九七五年の国連女性会議の決議から大きな波となって日本の津々浦々に広まった女性解放の小波は、男女雇用機会均等法、ＤＶ法の制定など、具体的なかたちをとりながら少しずつ女性の意識を変えるのに役立った。しかしそれが磐石のものにならないのは、当の女性自身の覚醒がなされていないからにほかならない。日本では世界中で流通するJender equality（男女平等）という言葉に、保守層のアレルギーが信じられないほど強く、ぎりぎりの線で男女共同参画などという本質をすっかり抜ききった言葉を男の官僚が編み出し、それに訳知りで日本風の大人の分別をわきまえた女性たちが強い抵抗を見せることなく従来どおり男の要求を飲む形で受け入れるために、進展が遅いだけでなく本質がごまかされてしまった。
長い植民地からの解放の後、血で血を洗う民族間の抗争を経験し、その後も強権独裁政権下で呻吟してきた韓国が、二〇〇一年には女性省を創り初代長官に長年の反体制運動家・韓明淑女史をあてたことは、私自身の驚きであり誇りである。韓国の女性解放は上からの恩恵ではなく、韓国市民が血と汗で勝ち取ってきた社会全体の民主化の底上げと連動しているために、リアルで力強い。それはアカデミシャンたちが象牙の塔でまことしやかに作りだした理屈と違い、市場や工場や桑畑の中で、今も昔も自己主張しながら、足を踏みしめて生き延びてきた韓国の女たちの経験の成果である。

ＳＦＡのもっとも重要な根幹をなすものは、「Not knowing（私は知らない）」の姿勢であると私は考えている。ＳＦＡの研修において真の専門家はカウンセラー（セラピスト）ではなく患者自身である、というのは何度も繰り返しいわれることである。黒澤明の『羅生門』を例にするまでもなく、人は置かれた立場によって信じられないほど見解をことにする。日常生活の場においても、夫婦間、親子間においても。しかし重要なことは、刑事裁判と違い、人間関係においてより重要なことは、誰が間違っていて誰が悪で、という犯人探しではなく、どうすればこの事態をよりよい方法に持ってゆけるか、である。徹頭徹尾、問題志向ではなくて解決志向である。よい解決の姿というのは当然、当事者のニーズにあっていなければならない。その解決の姿は専門家が決める（知っている）のではなく、クライアント（今は困って目のまえにいる来談者）自身が決める、全ての解決のための情報、よりよい方法のアイデアも当人が持っている、というクライアント中心主義である。

現在三十歳。絶えぬ頭痛と微熱に悩まされ、時にリスト・カットを起こして何箇所もの病院を転院してこられたAさんの症状は、どこをどう調べても異常がないために「精神的なもの」とされ、病めば病むほど、怠け者、根性無し、仮病とみなされていた。一人ではふらついてカウンセリングにさえ通えないという彼女につきそってくるのは、キャリアを持つシングル・マザーとして娘には常にまぶしく映っていた格好良くクールな母。一年を経て彼女自身が漏らした言葉は、あれほど否定していた「私の症状はやはり精神的なものからきていた」であった。その一年、Aさんは超多忙な母親のスケジュールを独占し、母の関心を弟から取り返し、病み続けることで自分に向けられる母の愛情を試し続けた。クールな母のクールな娘として育ったAさんにとって、病むことなしに母にあまえることなどできなかったのである。少しずつ現実をふっきってAさんの下した解決策は、弟を弟と思わないことであり、Aさんの母が選択したう解決像は、もはや「姉弟仲良く」という幻想をあきらめるということであった。この解決像はカウンセラーの私が押し付けたものではなく、クライアント自らが三歩進んで二歩下がるようなプロセスの中で選んだものである。もとより彼女は兄弟を必要とせず、一人娘でありたかったのかもしれない。よくも悪くも、人は他者からジャッジされるときにおびえ、殻に閉じこもる。私がAさんとしたことは「弟に死んでもらいたい」「弟を殺したい」という彼女の言葉をジャッジせず、どうすればそのようなことを思わずにすむか、未来志向で尋ねた続けたことの他にない。Aさんは言説の中で、誰に非難されることなく充分弟を殺したために、現実には弟を殺さずにすんだ。生涯、意識から弟という存在を消すために、Aさんは家を出て母と暮らし始め、症状は急速に快方にむかっているという。

真の解決はアドバイスや信託という上からのものではなく、動揺せずに対処できる強さと賢明さを備えていればどうにかなる、と考えるときにカウンセリングは終了すると考えている。当人の潜在的な力を引き出すという点では、教育とも似ている。人は他者のジャッジを気にする中では、充分に成長も成熟もしない。

ここで「教育」ということにも一言触れておきたい。広い意味で「学ぶ」というのはどうしても上の世代の蓄積を丸覚えするというイメージを払拭することができない。しかし、そういったポピュラーな教育概念が市民社会の成熟とともに次第に受け入れがたいものとなり、さまざまな形で壁にぶつかり再考と再構築を促されている。フィンランドでの教育実績が高く評価されているように、2＋3＝□というただ一つの正解を求めるのではなく、○＋△＝5というように、さまざまな考え方を「引き出す」というのが真の教育の考え方であろう。その根底にあるのは「本来人は力を持っている」という信念である。教育は調教と違い、能力を引き出して自立を促す試みである。

「どんな個人にも力がある」、「女・子供にも力がある」と認めることこそ、長い「男社会」が克服できなかった矩である。長く「男社会」に生きてきた大多数の女たちが乗り越えられなかった矩である。矩を超えるということは、相手を打ち負かすことでも闘うことでもない。新しい地平に歩みだし切り開いて行くということである。

男には男を生かす民主主義があり、女には女を力づける民主主義があり、子供には子供なりの民主主義がある。今までは男の民主主義のみ採用されてきたというだけのことである。ならばほかの民主主義はこれから作ればよいのである。どのような民主主義がよいのかと問われれば、大事なのはメンバーが納得するやり方でなければならない、という一点である。人は自分が参与し決定したことには、たとえ結果がいかなるものになろうとも責任を持つ。

予断であるが、インスー・キム・バーグ先生が韓国を出国したのは解放後まもない頃であった。当時の韓国の状況を考えると、またその後にインスー先生が人生に絶望する人たちを救うスキルとしてSFAを創造したことを考えると、大変に複雑な経験の集積がおありだったのだと思う。時に弱音を吐き仕事を離れようとする私に「ただの主婦に戻って、何日我慢できる？　一週間？

やめちゃダメよ。あなたにはあなたの経験があるでしょう?」と、私個人に信頼を寄せ励ましてくださった想い出は、私の生涯の財産である。

インスー・キン・バーグ先生は、常にユーモアで人を包む、なんともいえぬ成熟した大人の持つ温かな魅力のある方であった。とかく自己防衛本能が強く、生きた人肌の熱や、豪快、磊落などという人間的魅力より安定を尊ぶ均一化された棋界においては、非常にバランスのとれた豊かな人格であった。優れた専門家の中でも傑出した人柄であった。

二〇〇六年一月に、心理療法(カウンセリング)の世界において私が絶対的な師として信頼し敬愛して仰いだインスー・キム・バーグ先生は逝去された。突然のことではあったが、公私ともにSFAの創始者として、仲のよい番いの鳥のように世界中を巡っていた夫君・スティーブ・ディ・シェイザー先生を三年前に亡くした後、一人きりになったこれからのインスー先生の人生を心配していた私たちにとっては、ジムを終えたあとのサウナでのことと伝え聞いて、むしろそのあっさりと淡々とした旅立ちに、胸なでおろすような納得もあった。

結びに

「シスターフッド」という言葉は、以前は私にとって「闘う女たちの連帯」と同義語であり、持てない奴はフェミニストじゃない、というほどの強圧的・義務的なイメージであった。しかしおよそ十五年を「女問題の海」で泳いだ今はまったく違う意味でこの言葉に出会い意味を味わっている。

齢七十、八十を超えた温かさと機知を備えた先達たちが、優しい慈愛に満ちた目で私たちにバトンを渡してくれる……「あなたはまだ若い。頑張りなさい」と。それは血縁の母から子へ子から孫へという狭い家文化のケチな枠組を超えた、文字通り女の歴史の中で女から女の手へと繋がれ繋いでゆくものである。私は母や父、姉妹のように、あるいはそれ以上に私を理解し、愛し、気遣い、守り、応援してくれる人々と今生で出会っている。私の大切な「家族」である。魯迅の『故郷』の一説に、「もともと地上に道はない。歩く人が多くなればそれが道になるのだ」とあり、韓国の詩人、パク・ノヘの詩の一説にも「道を求める人は／その人自身が新しい道だ」とある。

かつて「子宮作家」というのは侮蔑語であったと思う。女は女以外の存在によって「女」であり、逆もまたしかりである。私は子宮という「女」の体をもってこの世に生を授かったことを誇りに思い、また新たな命を育んだ経験を大切に思っている。私こそ、「女」として発言すべきなのだと、今は分かっている。私のことを他の誰かに代弁して貰うことは命の放棄に等しい。私は男に生まれたとしても男であることを嬉しく思い、誇りに思うに違いない。たとい半陰陽や性同一性障害と世間に名づけられる身の上であったとしても、その中から生きる意味を見つけ出し、人生は生きるに値する、と考え感じていこうとする人間であるに違いないと確信する、何かがある。私は、朝鮮民族でありながら今、日本で生まれ生きていることに関しても、ほとんど後ろ向きになったことがない。なぜだかわからないけれど。それは、私の顔がどうしてこのようなものであるか？と神の配剤をいぶかしく思うのと同じくらいに、心のあり方も神が配剤してくれたものにちがいない。

時に、カウンセラーとして生きた私の十年間は失われたものではなかったか、と思うこともあった。

カウンセラーという職業につく人の動機はさまざまであると思う。しかし、資質は？と問うたとき答えはシンプルであるように思う。知的であること、人格が曇りなく美しいこと。あるいはそうあろうとする清らかさ。私にはカウンセリングより、書くことのほうが向いているとわかって、私はこの仕事をやめることにした。

これからの仕事は、ミクロの形態からマクロの形態になる。しかし志に変わりはない。

生涯、精神科にも心理療法の専門家にも関わることなく、つまりは一銭の金も特別な時間も使うことなく、家族や友人・知人などという温かな人々の真心によって生き延びてきた市井の人々のありようを見るにつけ、真のブリーフ・セラピーは「人に充分愛されること」につき、もっとも合理的、かつ効果的であると確信するにいたっている。

いつだったか、私は多少辟易した気持ちで、朝鮮は植民地にされ人々は大きな苦しみを受けたために、人々、ことに朝鮮のおばあさんたちは、いつまでも嘆き悲しみハソヨン（地を叩いて嘆き訴えるようなこと）するけれど、あの後ろ向きの姿勢はどうお考えか、とインスー先生にお尋ねしたことがある。先生はじっと、私の目の奥をのぞきこむようにしながら「確かに今はそうかもしれない。けれど、その人たちも、もしそんな目にあっていなかったとしたら、（ハソヨンの代わりに）何をしていたと思う？　本来その人たちは、そういうことをいいたいと望んだ人たちだったと思う？」と、静かに応えられた。

インスー・キム・バーグという深々と温かな人格を師としえたことは、私の幸いであった。「手法」は「思想」より生まれる。思想は人を形作る。人は思想そのものである。

V 出会う心

日々の思想信条・主義主張――康宗憲先生にお会いして

思想信条・主義主張のために死にたくない。よりよく生きるために得たはずの主義主張に縛られて、生きがたくなっているのでは意味がない。生きがたいのは大抵がまじめな人たちで、これではまったく意味がない。かといって、主義主張などまったくなく、ひたすら保身に走り風見鶏のように生きることなど、恥ずかしくてできはしない。好みに合わない。

韓国で二十四歳から三十七歳という十三年間を、反共法・国家保安法によって獄につながれ、その内の二十四歳から三十一歳までの六年間は死刑囚として過ごしたという康宗憲先生にお会いした。今は現代朝鮮問題研究所の所長をしておられる先生だが、先生といっても実は私とそう年齢は離れていない。

ソウル大学に留学していた康先生が捕らわれの身になった一九七二年は、丁度、私が高校に入学した年である。その同じ年から十三年……私が高校を卒業し、大学を卒業し、仕事を始め、結婚をし、出産をし、旅を楽しみ、観劇を楽しみ映画を楽しみ、泳ぎ、滑り、恋をし、風と光と空気と雨と、あらゆる市井の自由を手にし、笑い、泣き、歌っていた十三年を、先生は獄につながれていたというのである。さらに死刑四だった二十四歳から三十一歳までの六年間は両手首を常に拘束され、死刑の執行がいつ下されるとも知れない日々だったというのである。生と死の意味を考えずにはいられない刹那の持続。ご両親をはじめとするご家族の想像を絶する辛苦。

六十年、百年前の話ではない。今、私の目の前でこのようなことを穏やかに話される康先生のお顔を拝見していると、「歴史」というのは昨日のことではなくて今日のことであると改めて胸に迫り震えがくる。知らぬふりなどできるだろうか、かといって、同じような生の樹《た》て方が私になどできるだろうか。

子供が幼かった頃、食卓はしつけの場であった。箸の持ち方、礼儀作法、食材の背景や環境問題、流通に関すること、親族の消息や、友人たちのこと、学校生活の報告、教育問題、政治の話。食卓は、それぞれの時間を送る家族が一堂に会するコミュニケーションの場であり、家族の愛情を実感する大切な場であった。

ある日、食材のえり好みをし、好き嫌いを克服せぬ子供に対して、「残さずしっかり食べなさい、世界では毎日四万人ずつの子供が飢餓で死んでいるそうよ」といい終わらぬうちに、

「うるさいよっ！　オンマみたいに毎日、毎日、飢えた子の話とかされたら、ご飯が美味しくないよっ」

と叫ぶのと同時に、娘がもっていた箸を食卓に投げつけた。投げられた箸は、宙に舞って食卓の上に落ちた。

はっとした。はっとして沈黙するより他になかった。

一瞬にして私は、長い間の子供に対する一人よがりと失礼に気づいた。

爆発するまで、小さな娘は何十回、何百回の、本来は楽しくあったはずの食事の時間を、砂を噛むような味気ない想いでこらえていたのだろう、本来、大人しい子供であったからできたこと。私であったら……ゴメンね……。

友人の誰彼にこの話をしたら、

「そりゃ、そうよ、子供が正しい。世界のどこかで誰かが飢えていることと、目の前の嫌いなものが食べられないっていうのは、ぜんぜん関係ないものね」

と、呵呵大笑された。

私の救いは、娘の反抗である。笑って助けてくれる友人の辛口であり、友人に隠すことなく話せる、オープンな私自身である。

深刻さを軽さに変えてくれる周囲のユーモアであり、現実の生活である。

幸せな食卓に勝る主義主張など、この世にあるだろうか？

幸せな食卓を実現できぬ「思想信条・主義主張」に意義はあるだろうか？

大切な人々と談笑の中に囲む、美味しく愉しい食事以上の幸せがこの世にあるとは思えない。まずは我が家の食卓を幸せな食卓にせねばならない。そしてやはり、我が家の幸せだけで完結したくはない。幸せに感謝して、その質を絶えず問うていたい。食卓の幸せで得たエネルギーを、世界の一日四万人と共に生きる力として使いたい。


地獄のような現実から生還された康先生が、ご一緒した食卓で心からその場を愉しまれ食され談笑なさる姿に、私自身が安堵し癒されながら思ったことである。

灰谷健次郎さんのこと

三十年ほど前、仕事で初めてインタビューした人が灰谷健次郎氏であった。

灰谷氏は赤貧の底辺労働者から教師へ、さらに作家へと転じた人で、三十年前『兎の眼』は児童文学にも関わらず二百万部を越すベストセラーになり、のちにロングセラーになった。

私が違和感を覚えたのは、灰谷作品に見え隠れする複雑な女性観であり、沖縄人の優しさを描いた『太陽の子』の中で、主人公の小学生ふうちゃんが、高級フランス料理店で貧しい仲間たちに思いを馳せ、「ここで食事をすることが恥ずかしく」なり、唇を噛むシーンである。

当時子供ではなかった私でさえ、後に清水真砂子氏による優れた批評に出会うまで、このシーンは長い間、宿題のように胸にわだかまり解放されることがなかった。後に黒古一夫氏はその著書『灰谷健次郎』で、「灰谷作品は弱者の立場を標榜しながら、実は氏の描く子供も命も中流幻想である」とまでいい切った。

しかし、二十代から五十代になった今の私は、あえて問うてもいる。「それのどこが悪い？」と。

灰谷氏は「かつて底辺の人に優しくされながらそこから抜け出ることを考え、そのために学問や文学を志したのではないかと常に罪悪感を覚えた」と告白している。気の毒なこと、と思う。少なくとも中流や上流から出発したのであれば、はなから感ぜずにすむ罪悪感である。

『太陽の子──てだのふぁ』に、主人公のふうちゃんが値の張るフランス料理店に招待され、このような豪奢な食事を経験することのない沖縄の仲間を思う内に、食事に手がつけられなくなるという場面がでてくる。この場面へのわだかまりは長く解けずに胸にあって私は苦しみ、答えを出すことができなかった。なぜなら贅沢を楽しむことはそのような環境にないものに対する背徳であって、そのような社会システムを容認しているお前は何者であるか？という原罪意識に常に捕らわれ、ひと時も気の休まることがなくなってしまったからである。

『太陽の子』はまごうことなき告発の書である。しかもそれは皮肉なことに、強者に対してというより、結果として同じ仲間の中のお人よしに対しての。私はといえば、ただ世間の誰とも同じように、美味しいものを欲し、美しいものが好きで、なおかつ自分のことは人権派だと自認していただけであったのに。

ここから救ってくれたのは、清水真砂子氏の『子供の本の現在』という大変鋭い視点からの評論であった。清水氏によって私は長い間の呪縛から解放されることができた。ふうちゃんも私も目の前の、ことに好意で供される馳走は思い切り堪能すればよかったのである。誰に遠慮することなく。そうして経験しておいてこそ、この美味をまだ味わっていない人々への想像も働かせ、共に食するための友となればよかったのであった。

ふうちゃんはさておき、私がこの灰谷氏の仕掛けたわなに容易に引っかかってしまったのには背景がある。生育期、私の最も近いところにいた人の中に絶えず私の些細な成功を妬む者がいて、その人の口癖である「あなたって、いいわね」は、ほとんど私の恐怖になっていた。そのことばを聞かずにいるためには、絶えず失敗しているか悲嘆にくれているしかない。まちがっても天真爛漫に幸せを謳歌などしてはいけなかった。

程度の差こそあれ、ふうちゃんにとってはそれが仲間の痛みや寂しさを忘れない優しさであり、私にとっては他者に配慮する人間性であると認識されていた。楽すること、贅沢すること、幸せに生きることに罪悪感を抱かせる考え方は、裏返せば戦時中、個人のいかなる自由な思想をも許さずに、贅沢は敵だと滅私奉公を強い、国家に殉ずる思考へと人々を追いつめていったやり方の見事な裏返しである。他者の幸福を喜べぬ心のゆがみであり貧しさである。さまざまな自助グループなどのつつがない運営がなかなかに難しいのは、仲間の中からもはや自助グループを必要としないほど回復したメンバーが出てきたとき、遺されたと感ずる側の複雑な心が引き起こす葛藤に、上手い対処法がないからではないか。

自らは幸福な境涯にあって、なおかつそうではない他者を想うとはどういうことであるか。ふうちゃんは自らの「幸福」（口福）を差し出したのである。しかし清水氏はその欺瞞、灰谷氏が描くところのやさしさの欺瞞をあざやかに描くことで、私のみならず多くの読者を覚醒させた。懲罰的な生き方は必要ないのだと。しかしそれが、灰谷氏の欺瞞的な優しさに騙されるな、などという浅薄なものでないことはいうまでもない。

今、テレビに貧しい子沢山家族は登場しても、真の上流は決して姿を見せない。上流を知らない子供こそ、下層に従順に甘んじる大人になるのである。下層にある子供たちに一部の階層が占有し謳歌している夢や希望を抱く場を提供するのも、文学の使命である。ふうちゃんは、誰に遠慮することなく、フランス料理を堪能してよかったのである。お腹一杯に。大多数の人々に、出自に見合った清貧に甘んじろと誰にいえよう。

いま世間は市民派や人権派に厳しすぎると思う。灰谷氏の作品がかりに「よい人」しか登場しないご都合主義の「あざとい作品」（大江健三郎評）だったとしても、作品の評価は最終的には読者だった子供や描かれた沖縄の人々が下してゆく。

ところで、人間嫌いを標榜する哲学者の中島義道氏が、その著書『人間嫌いのルール』の中で、人間嫌いを七つのパターンに分類し、その中の一つ「動物愛好型」を解説して「弱い人間嫌い。

人間は嘘をつくから嫌い。その点、動物は正直でいい、という思想を基本的によりどころとしている人。動物園に勤務している人に多い。幼稚園や保育園や小学校に勤務する人、あるいは童話作家にも、同じような人間嫌いがいる。これは『人間嫌い』というより『大人嫌い』と言っていいかもしれない。良寛や、宮沢賢治、灰谷健次郎などは、この系列である」と書いてあるのを読んで、噴き出してしまった。

やはり灰谷氏は魅力的な書き手であり、私にとっては忘れがたい人である。はじめて取材した日から三十年。いまなら氏の幼少年期や妻だった人との離別など、もっと違う視点から深々とお話が伺えただろうにと思うと、あの日の私が幼すぎたこと、そして今はもう灰谷氏が逝かれてしまわれたことがただただ残念で申し訳ない気持で一杯になる。

周五郎さんへ

かつて、教師をしていた短い間に生徒に伝えた教材の中で、最も印象深く残っている作品のひとつに、山本周五郎氏の『経済原理』がある。『青べか物語り』の中の一作品である。

早乙女貢氏が周五郎さんの生誕百年にあたって上梓した『わが師　山本周五郎』という優れた山本周五郎論を至福の思いで読みながら、その時のことをふと、思い出した。

物語りは、千葉の浦粕市（浦安）における小説家の蒸気河岸の先生と地元の子供たちとのやり取りを描いたものである。先生が子供の採ってくるフナに「いくらだ？」と意外な声を掛けたところから、それまでは自分たちの日常の戯れ事の成果に過ぎなかったフナが、思いがけず市場効果を生むことに気づかされた子供は、たちまちにして狡猾な商人へと変わる。いっぱしの大人を気取って、蒸気河岸の先生を相手に交渉を始めるのである。先生は「いくら？」という代わりに、子供には「くれ」というべきだったのである。そのことに先生は、さんざん子供に翻弄されたあげく、ある日悪夢から覚めたように気づく。そして同時に当の子供自身も、熱から冷めたように解放されるのである。無垢なままでいられたはずの子供の心に、毒のようなものを芽生えさせたのは他でもない、子供との他愛のないやりとりに金銭を持ち出した先生自身であった。そのことによって双方が抜き差しならぬ関係に陥って苦しんで行くさまを描いた作品である。

『経済原理』とはなんと秀逸なタイトルであろう。

それにもまして深く私の印象に残ったのは、田舎の子供たちの心の汚れて行く様である。

山本氏の作品には、社会の底辺に生きる人々に共感と温かな愛情を寄せた作品が多く、『柳橋物語』など何度涙を絞られたかわからない。田舎、貧困、子供と来れば、今でいう文句のつけようのない社会的弱者である。その弱者が都会からきた先生をさんざん侮り、攪乱し、悩ませるのである。山本氏が明かした真実は、今すでに「汚れてしまった人間」も実は、汚れたくて汚れたのではない、汚れなくてすむ環境さえあれば、汚れずにすんだという社会的な眼差しである。

弱者が弱者の足を引っ張るのはむしろ当然であろう。自分に余裕のない者にどうして他人を助けることなどできよう。弱くて自分の身さえ支えきれないからこそ、他人に手をかけ引っぱってしまうのである。余裕のある者こそ、余力をもって十分に弱者を助ければよいのである。弱者だからこそ気持ちを通じて助け合う、そんなことはむしろ滅多にない。

ワイルドの『幸福の王子』のように恵まれている者が弱者に視線を投じて尽くす、などということがあるならば、世の中はとうに善くなっている。共に滅多にない美談だからこそ物語りになり人の心を捉えて熱くさせるのである。

東京の渋谷で怪しげな大人に近づいた「援助交際」の少女たちも、そこに大人の男が「経済原理」を持ち込みさえしなければ、女の子供が子供から大人に代わる間の身体にすぎない。さらにいうならば、そういうあるがままの女の身体に「経済原理」を持ち込む環境を作っておきながら、当人や親だけを責めるのは筋違いである。

文化人類学者の今福龍太氏によると、心と書いてウラと読む。心悲しい、心淋しい、心思い、というときのウラは、表に見えない心中の微妙な機微にかかわる音であり、「心安」は、万葉集にもある心中安らかという意で、地名では「浦安」と書き、音をなかだちに、心は浦に通じると教えられた。

時は移り、昔、地元のこどもがフナ取りに跳梁し、蒸気河岸の先生が覚醒したその浦安市は、今は世界を飲み込む米国の巨大資本が不夜城のように花咲く、かの東京ディズニーランドである。

つれづれ

年末年始、久方ぶりに司馬遼太郎を読み返した。文化勲章が授与され、今も作品が繰りかえし映像化される、日本の国民的大作家である。

私の尊敬する随筆家・岡部伊都子氏は「本当にさわやかな人やった」と手放しになつかしむ。しかしその岡部氏を敬愛する評論家の佐高信氏は、司馬遼太郎氏に対してことのほか手厳しい。関係図は単純ではない。

司馬氏は朝鮮に特別の思いがあって、『韓のくに紀行』や、薩摩焼の沈壽官氏を一躍有名にした『故郷、忘じがたく候』など、記述は温かく味わい深い。にもかかわらず、である。在日コリアンの中で、司馬遼太郎氏に対する評価は大きく分かれる。何故か。

今回、その答えを彷彿とさせてくれたのは、鶴見俊輔氏の『司馬遼太郎の原点』と題された論評である。鶴見氏は、司馬作品には毒がない、加えて国家主権批判の理論をのべることはしないし、戦争責任追及という道もとらない、だからこそ広く読まれた、と。

「読者」の中には「権力」もふくまれる。誰しも権力を敵にしたくはないが、流れてばかりはいられない。晩年は、日本に愛された司馬氏本人が誰よりも日本を憂い失望していたと、知己の誰もがいうのである。

（二〇〇六年）

座右の書

世に優れた書籍あり。優れた人格と書き手あり。しかしその中で座右の書とするほどの縁が生じるのは、選ばれた関係であり縁であると感謝せずにいられない。

個人的には一度読んだ本を再読するということは、どんなに感動してもほとんどない。しかし再読はせずとも同じ著者の本を座右において、精神が揺らいだり落ち着かぬときに開き、心を鎮めることはある。その一人に加藤周一氏がいる。そして韓国の僧侶・法頂氏の著書がある。茨木のり子氏の詩集がある。

法頂氏の著書『無所有』は今もってロングセラーであり、韓国人であるなら知らぬ者はないという著名人である。一切の名声を欲せず、肉食をせず、むろん妻帯はせず。しかし、祖国の民主化の闘いには参与し、あまりに訪れる者が多いために所在を明かさぬまま山寺に籠もり、清貧の日々を生きておられると聞く。その法頂氏が、

「来世でもまた朝鮮半島に生まれて来たい。誰がなんと言っても母国語に対する愛着のため、

私はこの国を捨てることができない。」

と記しているのを読んで、胸が熱くなる。言葉への愛。愛国心とは、生まれて育った環境を愛するとは、このように素朴で肌身に染みた日常の感覚である。

私は、祖国が法頂氏のような僧を輩出して擁し、彼のような人格が全国民的に尊敬されるような国であるために、たとえ今は日本にいるとしても、朝鮮民族に連なっているという矜持を覚える。自らの拙い母国語もいっそう愛しい。日本では名僧といわれる人でも肉食や妻帯をする人が多く、海を隔てた両国の宗教観の違いは大きい。

加藤周一氏の著作と生き方に、あるべき知識人としての理想と矜持を見る。加藤氏の常に明晰であろうとする意志と誠実。世界に対する謙虚な姿勢。それを私は顕著なものとして、ことに彼の女性との関わり方、愛し方の中に発見する。今も氏の『羊の歌』に浴したときの新鮮な感動がそのままある。彼が日本人であり、彼のような人を輩出しているために、私は日本という土壌に対しても尊敬の念を深くし、憧憬を覚える。

私淑した岡部伊都子氏はいうまでもない。

茨木のり子氏は、虚飾を排した見事な人生の潔さ、見事な清廉の美しさ。

優れた人の存在と遺した仕事は、常に多くの人の希望であり力である。

出会いの尊さと愉しさを——「ユーラシア出会いのコンサートin薬師寺」

「ユーラシア出会いのコンサートin薬師寺」（二〇〇七年九月二十四日）の一カ月前、私は森崎和江著『草の上の舞踏——日本と朝鮮半島の間に生きて』（藤原書店）を読んでいました。

一九二七年の大邱《テグ》に被植民者の子として生まれた森崎さんは、幼い頃から朝鮮の人と大地をまっすぐに愛し、母の乳房を吸うように自らの感情と感覚を育て成長します。しかしやがて朝鮮を植民地化した日本人であるという自覚は、聡明な森崎さんを「叫びださずにはいられない」ほど引き裂き苦しめます。

私には森崎さんとちょうど逆の感覚がありました。ある日、偶然五十年前の私自身の出生届のコピーが出てきました。そこには出生の住所や時間、体重、当時の青森市長の名などとともに、私をこの世に取り上げてくれた吉川さんという助産婦さんの名が記されていました。一枚の紙に、誕生の朝の輝くような陽光や若かりし父母の面影、今日まで有形無形に授かってきた多くの愛情が思い起こされました。

日本の政治には苦しめられましたが、私の周りにはたえずそれを補って余りある、日本の人の愛情深く優しい眼差しがありました。しかしそれは決して偶然ではなく、朝鮮人の魂と文化を護りながらも、一貫して日本では良識ある善き市民として生き、日常の暮らしの中で小さな国際交流を実践していた勤勉で穏やかな両親のお蔭でした。

コンサートを漠然と心の内で考え始めたのは三年前になります。東北生まれの朝鮮人である私が奈良に暮らして二十五年、朝な夕なに奈良の京の薬師寺を仰ぎ見ているのも不思議な縁です。奈良という地名は、一説に朝鮮語のナラ（国）が原音といわれるほど古代よりつながりが深い土地だというのに、この地の日本人の意識の中には朝鮮への尊敬というよりは蔑視観が強く感じられ、それと呼応するようにこの地のコリアンたちもまた、朝鮮人である自らを愛するよりは、辱めながら生きているのではないかという懸念を覚えていました。

人はたとえ不幸な歴史的経緯によるにせよ、生まれ育った地を憎み続けて生きることはそれ自体が不幸で苦しいことです。私の子どもたちにも、これからの全ての子どもたちにも、周囲の温かなまなざしの中で安心して生きてほしい、それが動機のすべてでした。

世界遺産・薬師寺の荘厳な金堂を舞台に、美しい朝鮮の姿を紹介できたらどんなにすばらしいだろう、ユーラシアの雄大な流れの中でそれぞれの民族は独自に発展し、また影響しあってきたのです。日本の雅楽にも朝鮮や中国のものと神楽が融合しているのです。優劣などつけずに互いを尊敬しあう愉しさを共有する出会いの場。未来永劫隣あう運命の国と国、人と人ならば、仲良くするに越したことはないのです。

三年前、在日朝鮮人の環境は「拉致事件」を巡って大変厳しい状況でした。民族学校や朝鮮総聯組織は政治的な圧力を受け、金剛山歌劇団の公演は行政の後援が取り消されました。が、このような時期だからこそ私は、これまでの歴史がくりかえしてきた偏狭なナショナリズムに陥ることなく、「憎悪の連鎖」という愚かしさを乗り越えねばと、強く夢見たのです。厳しい政治状況の中で「意思的な楽観」を標榜し、音楽を通じて国家間の和解を図ろうとした知識人・サイードの考え方にも我意を得ていました。

準備の第一歩はソウルに飛び、韓国に招聘されて海外公演をしていた金剛山歌劇団の公演を観賞して出演依頼をし、同時に韓国の優れたアーティストをも決めて、共演の交渉をすることから始まりました。

二年後の当日は、三年間の想い、二年間の計画、一年間の準備期間もよもや、という大雨に見舞われましたが、私の郷里・青森から齢八十四歳を超える佐藤初女先生が会場にいらしてくださり、金堂の舞台から「恵みの雨、清めの雨」と凛々とした声を響かせてくださって、一瞬にして会場は薬師如来に守られた黄金の空間になったのでした。

当初よりコンサートへの想いをしっかりと受け止めて、温かく全面的な協力で支えてくださった法相宗大本山・薬師寺の皆様、支援を快く承知してくださった東京の平山郁夫画伯、コンサートの成功を我がことのように心配し励ましてくださった薩摩焼の十四代沈壽官先生、私以外は全員日本人からなる九人の実行委員と八十四人の出演者、友人・知人、雨の中会場を埋めてくださった観客のみなさま、かかわってくれた全てのスタッフ。

結局、この日の清らかな慈雨を受けた複合的な「出会いの種」が、いつの日か必ず実を結び花を咲かせる、平和を希求するコンサートの成果なのだと、胸に染み入る経験でした。


（二〇〇七年）

その手によって――岡部伊都子『美のうらみ』に寄せて

岡部さんの随筆「小さな大宇宙」（二〇〇〇年、『弱いから折れないのさ』所収）が、いつもかたわらに置いてある。読む度に唸る。ここに書かれているのは、羽虫、どくだみ、リス、人形、鈴、盃など、すべて岡部さんの日常にある、小さな喜び。しかしそれを語って宇宙が表出する、息を呑むような名随筆である。岡部さんの人となりと文学については、すでに多角的な視点からの優れた言説があって、今更私などが付け加えることは一つもない。ただ一読者として出会い、思いもかけず長い年月にわたって励まされ教えていただいた日々の温かさについてなら、専門の学識もなく、市井に生きる、無名の、女の、更には異邦の立場からでも記すことは可能である。そしてそれこそが、岡部さんの私に願うところであると思う。

それは、私が幸せになりたいと選択した結婚で、一挙に押しよせてきた妻・母・嫁の役割に驚愕し、小さな命をまかされながら、もういつ明日が途絶えてもいいと願うような悲しみの日々だったと思う。岡部さんが賀茂川のお宅に招いて下さった。三月、岡部さんの誕生月でもあった。緊張して挨拶もままならない私に、岡部さんは、おそらくはご自身が幼少の頃、お母様にしていただいたそのままに「ままごと」のような「節句の膳」を供して下さった。ままごとというのは文字通りであって、小さな可愛いい可愛いい陶器のセット。親指ほどの小さな湯飲み茶碗には、ソースが入れられてあった。その時しみじみと、「ああ、岡部さんは私たちとは違う文化の、日本の方なのだ」と鮮やかに感じたことを覚えている。

日本の中の大和国からみれば辺境の蝦夷《えぞ》、東北「津軽」に生まれ、東京で成人した東人《とうじん》の私にとって、婚姻を機に移り住んだ関西の地は、これほどの情報化の時代でありながら、空気、色、風、人心の何もかもが、日本が決して単一の国家ではなかったと当惑させるばかりの未知の国であった。また私を育んだ朝鮮の儒教文化はいったいに子供に厳しく、幼くして亡くなると墓もつくらない。子供に細やかに配慮し喜ばせる玩具も少ない。そのような中で育った私にとって、岡部さんがお母様から受け継がれ体現している、「上方《かみがた》」の甘やかで艶やかな暮らしの習慣は、民族を超えて強く女の私に響くものがあった。

岡部伊都子という日本人を知らなければ、私の日本観は今日のようなものではなかったと思う。人は誰でも愛したい、愛され愛し合いたい。けれども、朝鮮半島と日本国のねじれた関係の中で、私たち朝鮮人は愛すべき日本人と出会うことができないでいた。心の鎧《よろい》を取り払えば、細やかで穏やかな人々の住む、四季折々の彩りに恵まれたみずみずしい島国は、大陸にはない繊細な「美」の宝庫である。本来ならどれほど伸びやかに屈託なく晴れ晴れと、日本という出生の地を謳歌し、愛したかったことだろう。しかし植民地化された傷をおったまま、我が祖先の地は未だ分断の中にあり、清算も保障もされないまま、理不尽で不当な政治の現実に今も呻吟している人々がいる。朝鮮文化の結実は尊び略奪しながら、朝鮮人には関心を示さず賤しむ日本。いったい、どうやって日本人を愛すればよいのか。憎み、疑う対象の中で、日々の暮らしを営まなければならない葛藤。その桎梏から救ってくれたのが岡部さんであった。岡部伊都子という人によって、どれほど多くの朝鮮人が（そして日本人が）、「憎む」という囚われから解放されたか知れない。岡部伊都子という日本人に出会って、私は初めて解放され、凍えていた口から「日本語」という隣国の美しい音を安心して上らせ、尊い職能の人々の気高い志によって創り出され守られてきた日本文化と人を、岡部さんの愛するものとして捉えなおしてきた。

初めてそのお姿を拝見したのは、一九八五年、大阪のザ・シンフォニーホールにおいてであった。私はまだ随筆家・岡部伊都子を知らず、その夜、南北に分断されたままの朝鮮をせめて音楽の世界からは統一していこうと計画された夢のような音楽会の会場には、在日コリアンの浮き立の南からつような嬉しさと熱気が満ち溢れていた。しかしその日、ヴァイオリニスト、丁賛宇《チョンチャヌ》氏の出演はついに叶わず、独り金洪才《キムホンジェ》氏の指揮する美しくも哀切なアリランの調べの流れた舞台に、一輪のたおやかな花のようにひっそりと歩を進め、私たちの悲しみを日本人の言葉として発した人が、岡部伊都子さんであった。あのように不思議な印象の人、柔らかで厳しい人を見たのは初めてであった。以来、表現しがたい独特の「伊都子ワールド」に惹かれて、多くの随筆を読んできた。嬉しいにつけ悲しいにつけ岡部さんに訴え、苦しいときには「岡部さんがいて下さる」と、その存在に心に灯かりのともるような安らぎをいただいてきた。そして、生きるにおいての品性、輸入フェミニズムでは決して表わしきれぬ、「女」として在ることの意味、書く姿勢などの、ほとんど全てを岡部さんから学んできた。

『美のうらみ』は岡部さんが四十三歳の時の作品だが、日本の四季、手仕事、祭りなど縦横無尽に語りつつ、反戦と反差別に貫かれた現在の仕事の源流であることがうかがえる。ここには、昨今の日本の右傾化、復古主義の人々なら一見喜びそうな、日本の美を愛する岡部さんの細やかな記述があふれている。しかし岡部さんの仕事の偉大さは、それを単に「日本の美」とせず『美のうらみ』としたことにある。このタイトルははじめ岡部さんの提案ではなかったときくが、真の美が形成されるまでの本質をゆるがせにしない岡部さんの仕事を思えば、まさに本質をついたタイトルである。日本の美を愛し、その美が民衆の日の当たらぬ所業の中から生み出された尊い仕事の結果だと見通す岡部さんだからこそ、国家などというものが振りかざす伝統や文化という視点からではなく、各々の土着の民が産み出した実用と悦びの、珠玉の仕事の結果として「美」を尊ぶのである。

「差別と美感覚」(一九七三年、『あこがれの原初』所収)には、権威によって美とされるものでも、頑迷なまでにご自身が好きになれないものには冷淡な取捨の選択をし、原爆の出現による価値観の変革を体験してのち、戦前の仏像にたいする印象と同じ感動を持てなくなって、寺を訪れる仕事を辞退しようとしたいきさつが書かれている。『心のふしぎをみつめて』(一九八二年)には「私の拝礼は、信仰ではありません。仏として掘り出された存在、長年の間多くの人々が尊び、大切にしてきた念願のこもった存在へのご挨拶でした」とある。美を語れば美への逃避と誤解され、自らを貫こうとすれば時に国粋主義といわれ、時に懐古趣味、大正趣味と一刀両断されてしまう薄寒さ。しかし本来、誰にも美を味わう力がある。美は選ばれた人のためではなく必要とする者のためにある。それを取り返すためにも「奪われた」という自覚がいると、明快である。

今は私も縁あって、奈良の地に住まっている。ここには岡部さんの現在につながる初期の確かな仕事(『観光バスの行かない……』など)の足跡が、あちこちに残っている。いずれも私の日常の範囲にあるのに、岡部さんのような透徹した細やかな目で心に留めることがない。わずかな仕事のあとにも横臥し、ご母堂の助けがなければならないほどのお体で、よくこれほどの緻密な仕事を遺されたと感嘆せずにおれない。おのずからなる感受性と生への執着がなければ、対象のわずかな光や色や気配にさえ感応し、こまやかに観察し記述する熱情がどこから生まれよう。このような在りようは、すでにして岡部伊都子の「思想」そのものである。硬質の観念ではなく、熱をもった人としての感覚。

虚飾と飾りを排した嘘のない記述。平易な言葉選び。「怒りの美しさを味わわなかったのだと思う」「生身の感覚を、見事にこわばらせたのだ」「刻々の新鮮さ」「よろこびのふっとう」など、囚われぬ表現の的確さこそが、独特の美しさを放つ岡部随筆の真髄であると思う。絞りの帯を語って、女の誇り高くも過酷な労働に論がおよび、青松の美しさからハンセン病の苦しさに筆がおよぶ。多くの人が見過ごしてしまう野辺の花や、明るみ陰りの変化を見せる山間の小道、一枚の鏡の由来からさえ男女の愛の機微を語り、そこに至る悠たる時間を辿り、人々の日々の営みに共振し、涙する。人によっては「何もそこまで重く考えずとも、喜びだけをとりあえず味わえばよいものを」と思い、実際に口にしたにちがいない。しかし、表と裏は一体、表層は深奥あってのこととひとたび思い知った人にとって、そのような軽薄な楽しみなど、ありようはずもない。

明るみにいて、陰影を想い、死を語って生へ誘う。美を求めて、うらみに想い至り、平明にして複雑を著わす。醜を記して醜にならず、うらみを説いてうらみにならず。簡素にして豊饒、瀟洒にして清貧。涙をもって悲嘆にならず、怒りを生きて希望の生成となす。虚弱にして強靭なり。あくまで随筆であって、エッセイストにあらず。

岡部さんの手は、その華奢なお姿からは想像できないほど大きく力強い。七十年間ペンを握ってきたその手に、私は私の中で育まれていた「出生地への愛」を、温かく取り上げていただいた。それは初め望まれずレイプのように宿った「鬼子の日本」であったとしても、切なく苦しくそして愛おしく私の胎内に育まれていたものである。岡部さんの清らかな手によってこの世に受け止められたその温かなものが、対立と憎悪の連鎖を断ち切り、どの民衆をも苦しめてきた「国家」と名づけられてきたものを打ち、乗り越え、新しい局面を開いてゆく可能性を私は信じる。わずか六十年前までの悲劇を決して繰り返さないために。

（二〇〇五年）

怒りの本質

美しく造本された本が届いた。尊敬する随筆家・岡部伊都子さんの志ある著書の末尾に、解説（「その手によって」）という形で拙文が共にある光栄は、私一人の名で著書が上梓される以上の深い悦びとして、胸にしみた。電話口の向こうで「おおきに、おおきに……」。こちらが涙声になるより先に、岡部さんが泣いて下さった。

岡部伊都子という人に、人生の中で出会えた僥倖をしみじみと思う。岡部さんご自身がさまざまな人との「出会い」に育てられたと書いていらっしゃるが、私が岡部さんと出会えたのはきっと、美を求めてやまない強い意志だったのだと思う。

美しい自然、美しい人のありよう、美しい品々。本来ならば皆、それらに囲まれて生きたいのにそうはならず、美しくない言葉、美しくない環境、美しくないもろもろに晒されて生きてゆかねばならない、多くの人々の暮らしがある。

「何故？　それはおかしい」と、理不尽な不公平への怒りが湧く。怒りを口にすることは本来大切なことなのに、私たちは子供の頃から黙って我慢し、従うことがよいことと思わされてきた。心の美しくない、「美」を独占したいと強欲を張る、狡い人たちに洗脳されて。怒って、口角泡を飛ばし抗議するのは醜いこと、人間的な未熟の証拠と思い込んできた私は、「怒っている内は、まだ私も人間なのだ」と、怒ることを当然として貴び、むしろ怒りを感じなくなる恐ろしさに警鐘を鳴らす岡部さんの言葉に驚き、その後、多くを学んできた。

私たち朝鮮人は度々日本国に蹂躙され憤ってきた。怒る朝鮮人に日本人はおびえ嫌ってきたが、岡部伊都子という人はその怒りこそ、人間としてまっとうなことと認め、怒る朝鮮人を丸ごと抱きしめた最初の日本人だと思う。

本当に好きな人に出会うと、人は民族も国境も越える。しかし「越える」とは、民族も国境も〝どうでもよいこと〟として「消去」することとは、まったくの対極にあることである。その人の拠って立つ根、歴史や文化がかもすものを尊び、怒りや哀しみの本質を理解し共有したいと、熱く願う心の働きである。

（二〇〇五年）

あとがき

岡部伊都子さんは、随筆において、私の唯一の師でした。

私がまだとても若かった頃、「随筆は文学ではない」という人がいて、そうか、と思いました。そして「つまらないこと」と思いました。私はまだとても未熟であったけれど、随筆が文学であるかないかなどを論ずることには、意味を感じませんでした。「書く」ことは私の歓び。詩であろうと小説であろうと、人に文学ではないと分析された随筆であろうと、重要なことはそこに真実があるかどうかです。

作品が学校文集などではなく初めてパブリックな活字となったのは二十歳のときでした。今でも、そのときの踊りだしたくなるような新鮮な嬉しさを覚えています。「春」というタイトルの千六百字の随筆でした。以来、詩でも小説でもなく、ただただ随筆だけを書いてきました。

法頂著『無所有』の中に、随筆は筆のおもむくままに綴られた単なる経験の記述などではなく、「社会と人生に対する高度に洗練された知的洞察の表現の一つである」（韓国・文芸評論家、金炳翼）とあり、わが意をえました。私が岡部伊都子さんの随筆に惹かれたのは、まさに岡部さんの随筆が社会と人生を知的に洞察し、その上、美しく洗練された感覚のものであったからにほかなりません。

岡部さんの随筆は、功なり名を上げた著名人が余興として綴る趣などとは厳しく一線を画しています。心に染みる渾身の、優しい美文。だからこそ平凡な市井の営みの刻々、日常の花一輪や日常のさり気無い時空を描いたものほどに、岡部さんの独自の本領が発揮されていました。読者の意表をつく斬新な視点と深い思索。余人をもって代えがたい随筆家であるといつも圧倒されました。

優れた仕事と作品は、一流の人柄と一流の技があってこそのもの。精一杯に生きること、まずそれが書くことの第一歩。書くことは命の輝きであり、書くことは覚悟であり闘いであることを、私は岡部さんに教えられていただけに、職業作家になることなど別次元のことと、夢みるだけで満足していたのです。

知遇を得てから二十数年を経てもいつまでも「書く」覚悟が定まらず、フワフワぐずぐずしていた私の背中を押して出版の道をつけてくださったのは、業を煮やした先生の方でした。とうとう私の拙い仕事は藤原書店のご縁をいただき、日の目を見ることになりました。岡部さんへの長い間のご恩をこういう形で返せるように導いてくださったのも、他ならぬ岡部さん自身でした。

私の拙い上梓は、若い頃からこれまでのものを記念碑的に編んだもので、岡部さんの仕事には遠くおよぶべくもありません。しかし、覚悟の第一歩。岡部さんが愛することで多くの人と出会ったように、私もまた、これまでとは違う地平で多くの人々との善き出会いが叶うことを願っています。

二〇〇八年正月。この頃にはすでに命の灯の消えるのを覚悟なさってマンションの一室に病臥されていた岡部さんに、「伊っちゃん、私、仕事をやめました。これからは書いてゆくことにしました」と報告に伺うと、岡部さんは無言のまま一瞬驚いた顔をされたあと、破顔一笑、満面を笑顔にされてにっこりし、いきなり点滴の管の入った細い両手を空に高くかかげて、大きく精一杯の拍手をしてくださいました。

岡部さんが亡くなったのは四月二十九日でした。数日たった五月三日に、詩人の石川逸子先生から届いたのが『定本　千鳥ヶ淵へ行きましたか』でした。偶然ですが、伊都子《いつこ》さんから、もう一人の逸《いつ》子《こ》さんへ。私は背筋がシャンとするような、不思議なご縁を感じました。

本の出版が決まってから、古稀を迎えて初めての出版をされた東京の呉文子さん、アメリカにおられる作家の米谷ふみ子さん、大阪で一人芝居を続けておられる女優の新屋英子さんと、いずれも戦争の惨禍を実体験として知る七〇代八〇代の先達から、「誰に遠慮することなく本当のことを、自分の思うところを、嘘なく正直に書きなさい」と、胸にしみ胎《はら》に響くような力強い励ましを頂きました。民族も国籍も年代も超えて、繋がりあい受け継がれてゆくシスターフッドの温かさ、有り難さに、胸が熱くなりました。

なかなか決まらなかった本のタイトルも、本人に責任のない戦争やできごとでさまざまな場所を「ふるさと」として生まれてくる子供たち――世界中のディアスポラの子供たちは、しかし決して悲惨ではなく、新しい可能性を秘めた世界の希望になりうるという、二つの故郷《ふるさと》のまなざしに育まれた私自身の実感と願いを体現したものになりました。

出版にあたって、わがままな筆者に対して考えられぬほどの譲歩とご配慮をくださった藤原書店・藤原良雄社長と、信頼できる感性で力になってくださった山﨑優子さん、九州から協力下さった鄭東珠さんに心からの感謝を表します。私を護り育んでくれた両親、いつも深い愛情で支えてくれる夫、出版を温かく応援し見守ってくれた子供たちと兄姉、心優しい友人たち、そして今は天国におられる師に、心からの謝意をもって初めての本を捧げます。

二〇〇八年初夏・六月　奈良・薬師寺のほとりにて

朴才暎

初出一覧

〈序〉ふるさとと思いやり　一九九五年度「毎日・ふるさとの主張コンクール」最優秀賞

Ⅰ　揺籃

父　『新しい世代』一九八五年三月
わたしにとっての学校　『朝日ジャーナル』一九八三年
民族は「私」という、健やかに身体的なもの　『イオ』一〇八号、二〇〇五年六月
父の財産　『ｎａｒａｎｔｏ』二〇〇七年冬号
ピアノ　（本書初出）
気　（本書初出）
靴を磨く時間　『地に舟をこげ』二号、二〇〇七年
異文化の「笑い」（本書初出）
まぶしい　（本書初出）

Ⅱ　地霊

労働——サイクリング・ロードで思ったこと１（本書初出）

地名の命　『naranto』二〇〇七年春号

鬼は外　福は内　『naranto』二〇〇六年春号

道　『naranto』二〇〇七年秋号に加筆訂正

飛鳥——悠遠のまほらへ　『MILE』一九九一年九月

他郷暮し　日朝友好交流文芸誌『草笛』創刊号、一九九七年

上方の味——三題　（本書初出）

Ⅲ　もうひとつの地図

鳥に惹かれて　『naranto』二〇〇五年秋号

民族の装い　女の装い　『naranto』二〇〇五年冬号

茶の心——一期一会　（本書初出）

ミーハーは、かくして不明を恥じる　『ポラッピッ』二〇〇三年八月

結婚の意味　「一」は『地に舟をこげ』二号、二〇〇七年。「二」は本書初出

庚申さま　『naranto』二〇〇六年秋号

男の子　（本書初出）

バックボーン（文化）　（本書初出）

所詮、うそ——ガンジーとサルラディ　（本書初出）

ひと悶着——サイクリング・ロードで思ったこと２　（本書初出）

墨染めの衣　『naranto』二〇〇六年冬号

光背——そして、後ろ姿　『naranto』二〇〇七年夏号

Ⅳ　蟷螂の斧

魂の選択　『MILE』一九九五年十一月

女―身体　（本書初出）

フェミニスト・カウンセリングの鍵が開く新しい地平　『ＭＩＬＥ』一九九六年三月

意思決定に参加することの意味　北九州女性総合センター『ムーヴ』ジェンダーに関する作品、二〇〇〇年度
　優秀賞

終焉、しかし絶えざる出発　（本書初出）

Ｖ　出会う心

日々の思想信条・主義主張――康宗憲先生にお会いして　（本書初出）

灰谷健次郎さんのこと　（本書初出）

周五郎さんへ　（本書初出）

つれづれ　『朝鮮新報』二〇〇六年一月

座右の書　（本書初出）

出会いの尊さと愉しさを――「ユーラシア出会いのコンサートin薬師寺」　『朝鮮新報』二〇〇七年十月二十四日

その手によって――岡部伊都子『美のうらみ』に寄せて　岡部伊都子『美のうらみ』藤原書店、二〇〇五年

怒りの本質　『朝鮮新報』二〇〇五年

著者紹介

朴才暎（パク・チェヨン）

1956年青森市生。朝鮮大学校師範教育学部を卒業。民族学校の教員を務めた後、雑誌記者を経て、結婚。奈良に転居。解決志向（SFA）による女性問題心理カウンセラーとして《フェミナ》を2007年まで主宰。1995年度「毎日・ふるさとの主張コンクール」最優秀賞を受賞。

ふたつの故郷《ふるさと》　**津軽《つがる》の空《そら》・星州《ソンジュ》の風《かぜ》**

2008年8月30日　初版第1刷発行 ©

著　者　朴　才　暎

発行者　藤　原　良　雄

発行所　藤　原　書　店

〒162-0041　東京都新宿区早稲田鶴巻町523

電　話　03（5272）0301

FAX　03（5272）0450

振　替　00160 - 4 - 17013

info@fujiwara-shoten.co.jp

印刷・製本　図書印刷

落丁本・乱丁本はお取替えいたします

定価はカバーに表示してあります

Printed in Japan

ISBN978-4-89434-642-0